HARMONIES

DE

LA GLÈBE.

Y

Lith. E. Dhombre à Nimes

ALEXANDRE LEMOINE

Poète Typographe,

Né à Nimes, le 23 Mars 1826

HARMONIES

DE

LA GLÈBE

PAR ALEXANDRE LEMOINE

Ouvrier Typographe (de Nimes).

1847.

NIMES

TYPOGRAPHIE C. DURAND-BELLE

PLACE DU CHATEAU, 8.

1847

BIOGRAPHIE.

Il y a des hommes dont l'existence est un éternel combat entre leur volonté et les penchans qui se déclarent en eux ; par le fait d'une aberration sociale, nés dans une sphère dont les bornes matérielles compriment les élans de leur pensée, ils souffrent et s'agitent à l'égal de ces aigles captifs dont le vol pourrait s'élever jusqu'aux régions de la foudre, et que la cruauté emprisonne dans une cage de fer.

Combien d'œuvres avortées, combien d'inspirations sublimes expirent secrètement dans les profondeurs de l'âme qui les avait conçues ! Image touchante du papillon arrivé à sa dernière métamorphose, l'ouvrier-poète, dans ses aspirations ardentes vers le spiritualisme, éprouve mieux que personne la rigueur de cette barrière impitoyable que le monde place entre son génie et les efforts de la lùtte qu'il subit pour en triompher.

Qu'on ne s'y trompe point, il faut une vocation bien sérieuse pour se décider à prendre sur les intervalles de repos que vous laisse un travail pénible et journalier, quelques heures consacrées à la méditation, cette autre fatigue intellectuelle ; oui, et nous ne saurions trop le répéter, on devrait enregistrer avec plus d'empressement qu'on ne le fait, dans les annales de notre littérature contemporaine, le beau dévoûment de ces muses prolétaires qu'un souffle généreux pousse sur la pente d'un double sacrifice : sacrifice moral , sacrifice corporel ; immolation permanente qui ne cessera qu'avec les derniers battemens du cœur et les dernières émotions de la pensée ! Mais il existe un préjugé fatal à ces organisations exceptionnelles qui cherchent à racheter , par l'exposition d'une âme fortement trempée et le rayonnement d'un talent issu de lui-même , l'injuste déchéance qui s'applique à leur origine.

Et pourtant , si nous consultons l'histoire de nos arts et de nos lettres , nous ne tarderons pas à être convaincus que les illustrations qui font notre orgueil émanaient du peuple. Il semble que la Providence ait voulu nous mettre en garde contre cette incrédulité traditionnelle que nous faisons peser sur les masses , lorsqu'elle nous montre , comme base fondamentale de ses symboles , l'indigence enfantant la Divinité.

Il serait temps que ces idées radicales tombassent dans le domaine du plus grand nombre , car , aujourd'hui plus que jamais , l'esprit des travail-

leurs proteste victorieusement contre les préven-
tions systématiques d'une aristocratie dédaigneuse
et quelquefois impuissante.

Notre persuasion n'est pas neuve à cet égard ,
mais elle s'est réveillée et a pris une force nouvelle
en présence de ce jeune homme dont les œuvres
précoces ont excité une admiration si légitime et
ont déjà trouvé tant d'échos dans la presse méri-
dionale. La gloire , si tardive pour quelques-uns ,
n'a pas tenu rigueur à Alexandre LEMOINE , car
à ses premiers débuts , comme l'écrivait naguère
M. Jules Cayrier , dans l'excellente biographie
qu'il donna de son compatriote (*), le poète-typo-
graphe s'est placé en première ligne parmi toutes
les chaleureuses et nobles organisations sorties des
masses populaires. — Pour remonter au berceau
d'un génie appelé à faire saillie dans la foule ,
nous allons emprunter à cette notice quelques pa-
ragraphes qui feront apprécier l'homme et le
poète.

(*) *Cette Biographie se trouve dans les* Ouvriers-Poètes , *ou-
vrage publié à Marseille en* 1846.

« Alexandre LEMOINE naquit à Nimes, le 23 mars 1826, d'une honnête famille d'artisans. Ses premières années s'écoulèrent sans que rien de saillant décélât en lui le don sublime qu'il avait reçu en naissant, et il atteignit ainsi sa huitième année, tantôt fréquentant l'école des Frères de la doctrine chrétienne, tantôt faisant avec ses condisciples l'école buissonnière, satisfaction qu'il se donnait même assez souvent.

« Appelé en 1834 à Lyon par sa grand'mère, noble et excellente femme que la fortune trompa dans son attente, et qui voulait créer à l'enfant qu'elle aimait un avenir assuré, une position libérale et indépendante, il resta pendant deux ans élève interne dans un pensionnat fondé à Fourvières. A huit ans, déjà, LEMOIME était rêveur et soucieux, et souvent, pendant les récréations, au lieu de se mêler aux jeux bruyans de ses jeunes camarades, on le voyait pensif, à l'écart, comme s'il cherchait à deviner quelles étaient les pensées inconnues qui fermentaient dans son cerveau, et quel était aussi le langage dans lequel il pouvait les rendre , langage ignoré jusqu'alors , mais que son imagination ardente soupçonnait déjà.

« Après deux années de séjour dans ce pensionnat où il avait reçu les élémens d'une instruction un peu plus étendue , un peu plus variée que ceux toujours incomplets de l'école primaire , Alexandre fut obligé d'en sortir pour ne plus y rentrer. Des revers inespérés de fortune avaient changé la position sociale de sa bonne grand'mère, et , dès-lors , la pauvre femme voyant s'évanouir tous les rêves de bonheur qu'elle s'était faits pour son cher petit-fils, dont l'intelligence était si précoce , et qui professait pour elle un amour si saint , un respect si religieux , dut songer à le prémunir contre la misère qui se montrait menaçante dans un avenir peu éloigné , et lui fit apprendre un état manuel qui, désormais, était devenu une nécessité.

« LEMOINE fut placé chez un chapelier en qualité de petit-commis.

« Un jour, en traversant la place de la Préfecture, Alexandre se trouva vis-à-vis l'étalage d'un bouquiniste ; il s'y arrêta et parcourut avec avidité les livres poudreux que le hasard lui faisait tomber sous la main. Ce jour-là, on l'attendit en vain à l'atelier, l'enfant-poète resta là tout une après-midi, lisant, feuilletant, posant un volume pour en prendre un autre, désireux de tous les vieux bouquins qui auraient été une richesse pour lui, et dont il ne put emporter qu'une brochure moyennant quinze centimes qui composaient tout son capital ; mais cette brochure était la *Mort de César*. Le langage puissant et harmonieux du grand poète-philosophe de Ferney fit jaillir des étincelles ; les ténèbres étaient dissipées, Christophe Colomb avait entendu le cri de : *Terre !* et la France comptait un poète de plus, poète populaire parce qu'il est sorti du peuple et que sa voix lui appartiendra toujours, poète aux grandes et sublimes pensées, qui rêve pour l'humanité un socialisme universel, que, seuls, peut-être, la suite des temps et les progrès intellectuels des hommes peuvent donner au monde.

« Pendant plus de six mois, la *Mort de César*

composa toute la bibliothèque d'Alexandre LE-
MOINE : le soir , après le rude labeur de l'atelier ,
il lisait et relisait sa chère brochure , il l'apprenait
par cœur , cherchant ainsi à s'initier aux merveil-
leuses beautés de ce langage magnifique. Puis , un
soir , à la clarté douteuse de la lampe qui éclairait
sa modeste chambrette, il se surprit pensif , le
front appuyé dans les deux mains , et , bientôt
après , quelques vers encore informes , quelques
rimes incorrectes noircirent le papier sur lequel
il était penché.

« Dès ce moment , sa vocation fut irrévocable-
ment fixée ; entraîné par un penchant irrésistible ,
Alexandre se livra avec ardeur à la poésie qu'il
idolâtrait , et cette passion prit chez lui un caractère tellement dominant , tellement exclusif , que
sa santé en fut sérieusement altérée et que pendant
longtemps on craignit pour ses jours. La solli-
tude de ses parens justement alarmés le rappela à
Nimes ; là , réchauffé aux baisers maternels , res-
pirant plus à l'aise dans l'air natal , le jeune homme , alors âgé de treize ans , reprit ses forces et

revint à la vie, mais il conserva depuis quelque chose de triste, de rêveur, que rien ne pouvait justifier dans un âge aussi tendre, et cette douce mélancolie de l'âme, toujours empreinte dans ses vers, en fait une des principales beautés. »

Nous ne suivrons pas le gracieux biographe dans le tableau qu'il trace de cette existence de vingt ans si digne de sympathie, notre cadre ne nous le permettant pas, mais nous allons tâcher d'y suppléer par une rapide esquisse.

Encouragé par un ami auquel il montre ses essais poétiques, LEMONE consacre ses veilles, ses jours de fête et de dimanche à l'étude de la langue et de la prosodie française. — Sur ces entrefaites son père meurt; le besoin frappe à la porte, il faut songer à gagner le pain quotidien pour ne pas être à charge à une famille déjà nombreuse ; il devient compositeur typographe. — A l'âge de dix-sept ans, le désir de voir Paris le tourmente ; il part en pélerin, un léger bagage sur le dos et le cœur riche d'espérance. Ce qu'il souffre dans cette capitale est impossible à décrire : il faut

avoir connu la faim et l'isolement pour le comprendre. Néanmoins, il ne se laisse pas abattre
par le malheur, et, après deux années de décep-
tions, il quitte Paris pour se rendre à Fontainebleau où la rédaction d'un journal lui est confiée ;
là, il partage son temps entre le travail manuel
du typographe et celui de l'écrivain. Mais le besoin de revoir son pays le ramène bientôt à Nimes, où son génie poétique ne tarde pas à se
révéler et à recueillir les applaudissemens de ses
compatriotes.

Aujourd'hui, les Nimois l'associent à la gloire
de Jean Reboul, et tous les deux, bien que divi-
sés par les théories, peuvent se prêter le concours
d'une admiration réciproque.

Nous ne terminerons pas cet article sans parler
du caractère noble et généreux de notre jeune
ami ; on nous a rapporté quelques actes de sa vie
qui accusent une âme grande et belle ; s'ils étaient
plus connus, ils ajouteraient un nouveau lustre à
une réputation laborieusement conquise.

Mme P. G.

PRÉFACE.

Ce volume est aussi vieux que moi : il a vingt ans ; c'est une poésie intime, une sténie plaintive qui chantait dans mon cœur avant de se plier à l'harmonie du rythme. Comme la fauvette du buisson, j'ai gazouillé dans mon ombre, parce

que quelque chose en moi avait besoin de s'exhaler.
La fleur n'est point maîtresse de ses parfums : le
poète ne sait pas étouffer ses accords ; le clavier de
son âme vibre à son insu. Comme ces vieux prophètes de la Bible, que l'inspiration transportait
de l'état le plus humble aux plus hautes sphères
de la pensée, il s'exalte malgré lui sous l'haleine
d'une puissance invisible. Ne lui demandez donc
pas d'où lui vient son génie. Chaque germe porte
une enveloppe ; laissez-lui le temps de mûrir et
d'éclore, le fruit traduira la racine ; mais si vous
déchirez le voile qui le cache avant qu'il l'ait brisé
lui-même, vous aurez tué une vie sans surprendre
le secret de la nature.

Qui pourra nous donner la véritable mesure de
Gilbert, de Chatterton, d'Hégésipe Moreau ? La
Société a fait avorter cette laborieuse fécondité du
ciel ; il y avait là une trinité sublime qui pouvait
produire de grandes choses, mais le positivisme a
mis des entraves à leur vol, et pour eux le chant
du cygne a suivi de près l'hymne du départ. Le
court pélérinage qu'ils firent dans les sentiers de

la poésie était surabondant d'espérances ; aussi la force de leurs ailes est-elle un douloureux problème dont Dieu seul connaît le mot.....

Il y a dans ce monde des organisations dont on ne saisira jamais toutes les nuances ; comme le saule, elles ne sont brillantes qu'autant qu'elles ont des larmes sur leurs branches ; elles souffrent d'une souffrance le plus souvent illusoire, et, au milieu du bien-être matériel, elles traînent leur lassitude dans le vide...... Voilà la poésie de Lamartine et de Victor Hugo.

Il y a une autre poésie que la révolution de 1830 a révélée : c'est celle du Peuple à laquelle j'appartiens. La coupe d'or étincelle depuis quinze ans sur la modeste table du prolétaire, et la Muse céleste y verse de temps à autre quelques rayons de miel. — Pour qu'une plante grandisse il faut qu'elle soit humectée ; la sueur de ceux qui travaillent a fertilisé l'aride glèbe, et lorsque la pensée a été du domaine de tous, il a fallu à l'intelligence de la Masse une source d'eau-vive où elle pût se désaltérer.

Béranger, ce chantre immortel, s'est abreuvé le premier à cette onde rafraîchissante qui circule dans les fibres de l'artisan ; il a compris qu'il y avait des plaies saignantes auxquelles personne ne s'intéressait, des âmes malades qui languissaient après la fatigue du corps, et sa lyre généreuse a fait entendre ce riche concert de chansons qui ont consacré sa gloire et qui perpétueront son nom dans l'avenir ; car le Peuple a la mémoire bonne : il n'oublie pas ceux qui l'ont aimé.

Depuis lors, la guirlande poétique des hommes de labeur a vu se multiplier progressivement le nombre de ses festons. Un seul, parmi ces derniers, à qui les bras du Peuple servirent de tremplin et qui reçut son premier baptême dans les noires profondeurs de l'atelier, s'égara dans les fastueuses régions d'une poésie mystique, élégante, inaccessible, mais veuve d'un souvenir pour ceux qui bercèrent sa jeunesse et prirent soin de son adolescence. Le Peuple connaît son nom, mais n'a pas retenu un seul de ses vers. A chacun selon ses œuvres. Ce qu'il convoita, ce fut une réputation littéraire ; il l'obtint, car il la méritait. Il était apôtre en naissant, la fièvre de l'ambition le fit renégat et le précipita dans le tourbillon des grandeurs humaines. Aussi a-t-il perdu en jouissances du cœur ce qu'il a gagné aux triomphes de l'amour-propre.

D'autres intelligences d'élite, n'écoutant que les loyales inspirations du sentiment et du devoir, ont fait saillie dans la phalange des classes ouvrières et sont restées fidèles à leur mandat providentiel ; ce sont là nos véritables illustrations, les élus de nos sympathies et les vivans symboles de nos croyances ; nous n'en avons pas d'autres. Ils ont gardé précieusement, dans le sanctuaire de leur pudeur, le culte de nos traditions humanitaires ; leur religion fraternelle a trouvé sa récompense dans la sainte admiration qu'ils ont produite en nous.

Il y a une justice occulte, éternelle, qui ne laisse rien d'impuni : Judas Iscariote fut méprisé des Pharisiens après sa lâche trahison. Celui qui transige avec ses instincts, qui dénature ses tendances , qui ment à ses convictions et à son origine , ne portera pas loin le fruit de son indigne faiblesse. Comme un scorpion enveloppé dans un cercle de feu , le transfuge d'une légion , le réfractaire d'une caste , bourrelé par le remords , traqué par les anathèmes publics , tournera son dard contre lui-même et deviendra son propre bourreau ! Il faut bien que la honte s'expie.

Ouvriers-poètes ! pénétrez-vous bien de votre mission , gardez-vous de faillir à vos nobles élans. A l'imitation du Christ, si votre palme se transforme en couronne d'épines , si votre Parnasse est un triste Calvaire , acceptez votre tâche avec résignation et courage. Les routes faciles conduisent à la mollesse et à l'indifférence de la vertu ; les parfums de l'adulation intéressée portent à la tête et donnent le vertige. Songez-y , le Peuple , lui aussi , a son burin et ses tables de marbre , il a son Panthéon et ses idoles , il a son marteau qui démolit et sa main qui déifie !

Je n'ai jamais compris qu'il se trouvât , dans les rangs de ceux qui analysent les productions du

génie et qui composent l'aréopage littéraire de
notre nation, des hommes assez prévenus pour
repousser les écrivains modestes qui s'élèvent
du champ du travail jusqu'aux sommités in-
tellectuelles. Selon ces esprits rétrogrades, la
veste de bure serait incompatible avec la faculté
de sentir et d'exprimer noblement!... Cependant,
il faut le reconnaître, depuis la réaction politique
qui s'est accomplie, cette opposition stupide et
honteuse s'efface en raison de ce que les idées
émises par une philosophie moins étroite dans
ses vues s'élargissent et s'épurent. L'obscurantisme
des préjugés perd tous les jours du terrain qu'il
occupait jadis, et le labarum de la démocratie
flotte victorieusement sur le char de la Liberté. A
qui sommes-nous redevables de ce progrès, sinon
à ces publicistes ardens, à ces prosateurs éclairés,
qui commencèrent la lutte efficace qui protégea
les laborieux symptomes de notre rénovation sociale? A qui sommes-nous redevables de ce progrès, sinon à ces littérateurs illustres qui savent
préconiser le poète dans l'artisan, et qui ont le

souvenir trop fidèle pour ne pas se rappeler que
Virgile était presqu'un laboureur ?.... Georges
Sand , Charles Nodier , Alexandre Dumas , que
ne vous est-il permis de distinguer , au milieu des
applaudissemens dont vous couvre la patrie , les
témoignages de gratitude que vous adressent les
frères des ouvriers de cœur et de talent que vous
avez patronés !

Tout le monde en fait l'aveu , nous avons aban-
donné l'ornière du passé et nous faisons voile vers
un avenir dont les horisons se colorent graduelle-
ment des promesses les plus consolantes ; il est
donc raisonnable de prédire des jours meilleurs à
ceux que réclame la production matérielle. Je ne
suis pas un faiseur de théories ni un partisan irré-
fléchi des systèmes de réformes. Je n'ai d'autre
profession de foi à présenter que celle qui palpite
dans ce livre ; qu'on le consulte , on verra que
l'amour du Peuple y parle haut et que le sentiment
divin brille dans mes opinions religieuses. — Sur
le canevas flétri des vieilles civilisations , j'ai toujours trouvé la Loi qui protége et la Religion qui

moralise ; partout j'ai rencontré le même mot
écrit en lettres de feu ; ce mot qui tomba des lèvres mourantes de Socrate , fut recueilli par Pla-
ton , et le christianisme l'a retracé depuis sur le
monument de ses dogmes primitifs ; ce mot , c'est
Dieu !

Les générations endormies dans leurs sépulcres
blanchis en ont articulé l'unique syllabe , et les
hommes des âges futurs le recevront comme un
pieux héritage , comme un principe explicite et
profond qui leur donnera la mesure du devoir et
la formule de l'équité. — L'Évangile n'est qu'un
long commentaire de ce texte grandiose : il y a
dans ce livre et dans ce mot tous les élémens d'une
palengénésie presqu'idéale par sa perfectiblité.

C'est une sagesse pleine d'expérience et d'amour
qui a inspiré la Loi : c'est Lycurgue et Périclès
dominant les passions de leur siècle et paralysant
les efforts du mal par le Code. Il y a une Providence
pleine de sollicitude qui a créé la foi et le remords ,
comme une sanction de la jurisprudence criminelle,
comme une garantie de la punition et de la récom-

pense. — Détruisez ces deux pivots sur lesquels repose l'ordre moral, et vous tomberez dans la dissolution, dans l'anarchie ; il n'y aura plus de sécurité possible, et les intérêts généraux seront sacrifiés à l'esprit d'individualité et d'égoïsme.

Que ceux qui rêvent l'amélioration des masses par l'intervention de la force brutale n'attendent rien de ma lyre ; l'égalité devant laquelle je brûle mon encens est un Lazare politique qui ne doit se dépouiller de son suaire et reprendre sa vie d'autrefois que sous l'influence d'une restauration pacifique et prudente dans ses moyens. L'arbre de la Liberté abrite déjà les ossemens d'un assez grand nombre de martyrs sous son ombrage funèbre ; le sang versé pour la sainte cause de l'indépendance fécondera bientôt ses racines ; attendons et prions ! Le temps est proche où les derniers vestiges du privilége succomberont sous les puissantes attaques de l'intelligence, et où le *prochain* absorbera la *personnalité.*

C'est cette conviction sincère qui animera ma modeste carrière d'ouvrier-poète, si Dieu et l'Hu-

manité font passer d'autres chants dans l'âme de
ma Muse plébéienne. En supposant que le succès
trahisse mes efforts pour produire, dans la sphère
de mon insuffisance, le peu de bien dont je suis ca-
pable, je me considèrerai comme assez dédommagé
de mes fatigues, si je puis conquérir l'estime des
hommes austères qui savent apprécier la pureté
de toute chose et qui n'oublieront certainement
pas la générosité de mes intentions.

Et maintenant, il ne me reste qu'à demander
l'indulgence du public auquel ce volume va être
offert. Les poésies qu'il renferme datent de mon
adolescence, quelques-unes sont le fruit de mes
vingt ans. Ici, la plainte de l'enfant qui débute
dans la vie éclate sous plusieurs formes. La décep-
tion m'arrachait des larmes, et cette rosée du
cœur se métamorphosait en élégie.

Mais le cerveau mûrit au soleil de la méditation
et de l'expérience, la pensée se fait grave en vieil-

lissant ; si le public daigne s'intéresser à ce pâle
et timide recueil, j'espère pouvoir ravir encore
quelques heures au labeur journalier qui me fait
vivre, afin de lui présenter, bientôt, une œuvre
plus digne de sa protection sérieuse et de ses ho-
norables sympathies.

Nimes, Août 1846.

ALEXANDRE LEMOINE.

POÉSIES.

I•

3

LES PÉLERINS.

La légende raconte, avec sa voix naïve,
Du temps où s'élevaient les féodaux manoirs,
La vieille basilique aux vitraux en ogive,
Et la brune tourelle où bachelette oisive
Écoutait les aveux du page aux cheveux noirs,

Que près des buissons verts où la pâle aubépine
Dentelait le ciel bleu de ses fragiles fleurs,
Et mêlait son arome à l'air de la ravine
Sur les bords de laquelle elle prenait racine,
S'asseyaient quelquefois de pauvres voyageurs.

Leur corps se dérobait sous la bure grossière,
Des sandales chaussaient leurs pieds blancs et poudreux;
Et puis, quand leur manquait la crèche hospitalière,
Ils n'avaient d'autre lit que la fange ou la pierre...
— C'est ainsi qu'ils passaient, résignés et pieux.

Et pourtant devant eux bien de têtes royales
Se courbaient lentement comme font les épis
Quand viennent à souffler les brises matinales;
Car le nimbe des saints, aux splendeurs virginales,
Tenait lieu de couronne à leurs fronts amaigris.

Or, ces élus de Dieu parcouraient les bourgades,
Consolant l'affligé grandi dans l'abandon;
Comme ces bons esprits que chantent les ballades,
Dans leur pitié sublime, ils se faisaient nomades
Pour répandre sur tous le baume du pardon!

Leur science bénie était simple et touchante :
Elle parlait d'amour et de fraternité,
L'espoir s'en élançait comme une flamme ardente,
Et l'image du Christ, ineffable et mourante,
Voilà ce qu'elle offrait à l'incrédulité !

Nos passions d'un jour, méprisables et vaines,
Dans leur sein, où la foi révélait sa grandeur,
Comme ces bruits confus qui s'élèvent des plaines,
Se taisaient aux accens de ces deux souveraines :
L'Humanité si large et la Pitié, sa sœur.

Ils savaient qu'ici-bas toute chose s'efface,
Que le bonheur de l'homme est triste et décevant,
Que d'un sentier perdu l'âme cherche la trace,
Et que, pareils au fruit qui tombe et qu'on ramasse,
La mort nous arrachait à nos berceaux d'enfant.

II

Le ciel a rappelé ces héros du martyre,
Propagateurs fervens de l'éternelle paix,
Et, bel ange déchu, la croyance en délire
Agonise dans l'ombre, à côté de la lyre,
Qui borne sa défense à de vagues souhaits...

Aussi, le souvenir de la grande journée
Où l'Homme du Calvaire en Dieu se transforma,
Ne nous apparait-il que comme une épopée

Où le Sauveur', trahi dans sa gloire usurpée,
S'abandonne aux bourreaux que la doctrine arma.

III

Mais le temps est venu de franchir ce dédale.
Vous que l'arbre de vie a toujours abrités,
Pacifiques gardiens de la force morale,
Scellez du doute impur la pierre sépulcrale,
Et que les pélerins soient par vous reflétés.

Donnez', donnez comme eux votre parole amie
A ceux dont la souffrance a'blasphémé le sort;
Et puis, si vous voulez que la haine s'oublie,
A tous les cœurs penchés sous la goutte de pluie
Montrez une espérance au-dessus de la mort.

Prêchez au malheureux que le travail enchaine
La résignation pour le rendre plus doux ,
Au riche , la vertu qui soulage la peine ,
L'amour de l'unité qui vers lui nous entraine ,
Et la main du Seigneur sera bonne pour tous !

Nimes , décembre 1845.

II

A VICTOR HUGO.

Aussi grand que le monde !

Quand la gloire a posé son empreinte divine
Sur son front qu'elle émonde afin de le bénir ,
Le poëte est sacré , devant lui tout s'incline ,
Et son nom triomphal lasse le souvenir.

Comme ce monument de ma ville natale *
Que les jours ont bruni mais n'ont pas effacé,
Sa stature projette une ombre colossale
Sur le monde futur et le monde passé.

⚬⚬⚬

Que de siècles dormant sous ses arches de pierre !
Le temps dévastateur brise tout dans son vol ;
Mais lui , sombre géant qu'a respecté le lierre ,
Jusqu'au jour du cahos pèsera sur le sol.

⚬⚬⚬

Rome entière renait dans ses lignes puissantes ;
Vieux livre de granit , il rappelle toujours
Les types solennels des époques absentes
Et dont la lourde main mutila ses contours.

⚬⚬⚬

Il est comme un Titan sur la route des âges ,
Dont les sociétés interrogent le sein ,

* *Les Arènes de Nimes.*

Car il peut révéler le secret des orages
Qui broyèrent jadis le peuple souverain.

⁂

Combien d'enseignemens parmi ses catacombes !
O misère de l'âme avide de sentir !
A chacun de ses pas le pied heurte des tombes ,
Et réveille un écho qui crie : Il faut mourir !

⁂

La Mort , vampire affreux qui déflore la vie !
Mais l'œuvre du poète échappe à son venin ,
Car l'esprit du Seigneur à son but l'associe :
Il en a fait son Verbe auprès du genre humain.

⁂

C'est lui qui , soutenant notre foi qui chancelle,
Surexcite l'essor des générations ;
Prophétique clavier , sa voix grave et fidèle
Vibre éternellement au cœur des nations.

Chaque peuple qui passe en recueille les notes.
— Le génie est un phare allumé dans les cieux :
Il porte la lumière aux têtes les plus hautes ,
Et devient pour les rois le regard de leurs yeux.

⊛⊛

N'est-il pas un reflet du sublime symbole
Qui de l'homme et du Dieu consacra l'unité ?
CELUI par qui tout fut lui dicte sa parole,
Mais il comprend le vœu de la fraternité.

⊛⊛

Du fabuleux Atlas sa pensée est l'image :
C'est l'axe indestructible où le monde est assis ;
Elle en prévient souvent l'infaillible naufrage
En plaçant la balance au centre des partis.

⊛⊛

Il a l'intuition des choses les plus saintes ;
Le désespoir s'oublie à ses moindres accords :

De Saül c'est David assoupissant les plaintes
Et chassant les démons qui causent ses transports.

⁂

— Mais malheur aux tyrans qui frondent sa colère !
Quand l'heure de punir lugubre aura tinté,
A sa lyre ajoutant la corde populaire,
Le poète tordra leur frêle royauté.

⁂

Malheur aussi, malheur à ceux qui, dans la foule,
Vont semant le scandale et le doute insensé !
Comme un pilon d'airain le poète les foule,
Puis les jette en pâture au mépris courroucé....

⁂

Car il est ici-bas le tribunal suprême ;
L'histoire devant lui dépouille son bandeau,
Et, pour la couronner de gloire ou d'anathème,
Son vers impartial l'exhume du tombeau.

En vain, pour étouffer son austère franchise,

Le glaive des bourreaux lui montre son éclair :

Comme un volcan trop plein qui subit une crise,

Sa vertu s'en indigne et ses chants frappent l'air.

Nîmes, mars 1846.

III

LA PLAINTE DU FRÈRE.

ÉLÉGIE.

Dans ce cloître lointain, où l'herbe sur les dalles
Se penche tristement comme un front désolé,
Pourquoi, ma tendre sœur, effeuiller tes jours pâles,
Quand je suis isolé?

Qui donc aura pitié de |mon âme orpheline,

Si, dans la solitude où tu puises l'oubli,

Ta jeunesse s'endort, quand la mienne décline

Dans le deuil et l'ennui?

Hélas! penserais-tu que le fil qui nous lie,

S'il vient à se briser ne me fasse souffrir?

Non, Dieu, qui nous créa pour les maux de la vie,

Ne peut nous désunir!

Eh quoi! frêles roseaux sortis du même germe,

Atomes qu'anima le souffle des revers,

Du voyage commun nous atteindrions le terme

Par des sentiers divers...

Ah! ma sœur, comprends mieux la sainte Providence,

Qui, ravissant un ange aux sphères du pardon,

Dans la beauté du sylphe enveloppa l'essence,

Et de toi me fit don,

Afin que ma pensée eût comme un vase d'ambre,
Où le parfum des fleurs avec soin amassé,
Rappelle, en se mêlant aux brumes de novembre,
  Les senteurs du passé.

❧

Aussi, m'abandonner quand la route s'achève,
Lorsque l'heure en fuyant me laisse un deuil nouveau,
C'est faucher ma racine, et de mon dernier rêve
  Effacer le lambeau !

❧

Reviens donc, si tu veux que ma tige flétrie
Retrouve sa fraîcheur aux sources d'ici-bas ;
Aux champs de l'inconnu, pauvre lampe tarie,
  Oh ! ne me livre pas !

❧

Mais reviens ; près de toi si la douleur m'assiége,
Vers Celui qui peut tout s'élèvera mon cœur ;
A ton rayonnement, ce qui n'est plus que neige
  Ondulera vapeur.

Près de toi , chaste enfant , fée aux douces paroles ,

Je puiserai l'espoir dans ta suavité ,

De même qu'on butine au sein des alvéoles

　　　　Tous les sucs de l'été.

Puis tu me berceras de ta voix argentine ;

Ton aile abritera mes pures fictions :

Telles , au bord des prés, les touffes d'églantines ,

　　　　Cachent les papillons.

Reviens ! au livre d'or où nos vertus s'inscrivent ,

Le dévoûment , ma sœur , est le premier des biens ;

Heureux qui peut sécher les pleurs de ceux qui vivent,

　　　　Dieu le bénit : reviens !

　　　　　　　　　　　Nîmes , janvier 1846.

IV

LA PAIX ET L'UNION.

Peuples, ne dites plus : « Guerre, guerre entre nous !
« Honte au lâche qui pleure et courbe les genoux ! »
    Ce cri haineux est un blasphème ;
Dieu réprouve le glaive ainsi que le poignard ;
Sa providence, amis, ce n'est pas le hasard,
    C'est l'intelligence suprême.

Elle veut (mais, hélas ! beaucoup l'ont oublié !)

Que toujours , ici-bas , l'homme à l'homme lié ,

      Comme le lierre l'est au chêne ,

Bannissant de son cœur les sentimens amers ,

Fasse réaliser de ce vaste univers

      La destinée harmonienpe *

❧

Le sang n'efface pas l'outrage fait au front :

Il fait naître le crime à côté de l'affront ,

      Joint le remords à l'infamie ,

Et jeter , pour réponse , un cadavre au pamphlet ,

C'est violer du Seigneur l'ineffable décret :

      « Pardonnez qui vous humilie. »

❧

Sachez que la clémence est mère de l'amour ,

Et que toute colère appelle le retour

      De douloureuses représailles.

---

   * *L'École Sociétaire ayant vulgarisé ce mot , j'ai cru pouvoir l'employer sans blesser la langue.*

Frères ! n'imitez plus ces Corses abrutis
Qui, pâles moribonds, transmettent à leurs fils
    Le fiel qui ronge leurs entrailles....

⊛⟨⟩⊛

Oh ! non, suivez plutôt le vœu du Rédempteur !
Que chacun à sa voix redevienne meilleur
    Et plus croyant que nous ne sommes ;
Son Évangile dit : Aimez votre prochain ;
Imitez Jéhova qui porte dans son sein
    Les espaces et les atomes !

⊛⟨⟩⊛

Ne vous inclinez plus devant le rameau d'or ;
Rapprochez-vous du ciel par un unique essor,
    Comme une gerbe solennelle ;
Celui qui vint un jour vous parler d'unité,
Savait bien qu'ici-bas, la sainte Liberté
    Grandit et se soutient par elle !

Malheur à qui se lève et dit : « Je ne veux pas

Conclure un pacte indigne et réduire mon bras

    A la nullité de l'esclave ;

La parole est légère et le fer est pesant.... »

Insensé ! la Parole est un génie ardent

    Qui mieux que lui brise l'entrave.

                  ❧

Le Verbe est un levier pour le corps social :

Il broye lentement la chaîne du vassal

    Et le sceptre du despotisme.

Sa semence est féconde et son sens est profond ;

Ecoutez-la germer dans l'immense sillon

    Qu'a creusé le christianisme.

                  ❧

Les fleurs qu'elle produit durent plus d'un matin ;

Mais leur suc généreux ne nourrit au festin

    Qu'un petit nombre de convives....

Frères ! devenez tous les hôtes de l'Esprit,

Car l'aube de ce jour qu'annonça Jésus-Christ

    Commence à luire sur nos rives.

⊰⊱

Détendez votre cœur par la discorde enflé ;

Le sabre et l'anathème ont déjà trop sifflé

    Dans la tourmente populaire...

Les moyens par l'excès changent leurs résultats ;

La paix seule affermit la base des états :

    « Paix dans le ciel et sur la terre ! »

⊰⊱

Sous sa sublime égide est le calme éternel.

Que la noble déesse ait partout son autel

    Et que chacun y sacrifie ;

Quand vous la comprendrez, les temps seront venus

Où, bénissant Octave et pardonnant Brutus,

    L'univers sera la patrie !

Nîmes , 1845.

V

ÉLÉGIE.

Venez ! le ciel est pur et les pleurs de la nuit
Tombent du firmament pour humecter la terre,
Sur les marronniers verts la lune s'élargit
Et la foule a quitté le hallier solitaire.
Venez, ma jeune amie, aimons jusqu'au matin;
La saison des amours passe comme la feuille;
Le soleil d'aujourd'hui ne luira plus demain;
La rose se flétrit si la main ne la cueille...

Ce soir, j'aurai pour vous des chants dont la douceur
Ne se rencontre pas sur toute lèvre humaine :
Car vous savez prêter une lyre à mon cœur ;
Il vibre sous vos doigts comme sous une haleine.
— Seul être devant qui je me suis incliné,
Vous que je prie au ciel et que j'adore femme,
Comme un encens divin que rien n'a profané,
Je vous prodiguerai les trésors de mon âme !

Je veux que nous errions à la blanche clarté
Qu'épanchent mollement les voûtes sidérales.
Au printemps de nos jours goûtons la volupté ;
Les neiges de l'hiver ont des teintes si pâles !
L'heure fuit, nul de nous ne peut la retenir ;
Sur son char invisible elle emporte nos rêves...
Dans l'esprit du vieillard qui n'a pas su jouir,
O temps ! qui peut savoir le deuil que tu soulèves !

Nimes, mai 1845.

VI

CREDO.

A M. E. C.

Quand d'autres, plus cruels, ne donnent qu'ironie

Au poète qui va, comme un fou qui mendie,

Dans les landes d'un triste et pénible chemin,

Vous, qui comprenez mieux le drame du Calvaire,

Vous prenez en pitié l'amertume d'un frère

Et lui tendez la main.

Le doute est compagnon de toute âme chagrine :
Du cynique Antony professant la doctrine,
J'ai cru que l'amitié n'était qu'un sentiment,
D'astuce et d'intérêt misérable amalgame,
Qui se prostituait aux baisers de la femme,
     A l'or de l'opulent ;

          ❀

Que la fraternité n'était qu'une utopie,
Qu'un beau rêve conçu par la Philantropie,
Qu'un spectre apparaissant à l'égoïsme heureux,
Qu'une tradition vulgaire et méprisée,
Fossile qu'outrageait l'impudique risée
     Du sophiste haineux...

          ❀

Vous avez réfuté cet horrible système ;
J'ai vu le paradoxe et j'ai crié : « Blasphème !
L'analyse c'est l'ombre, et le cœur le rayon ;

D'absurdes passions font la raison Protée,

Mais l'âme, incessamment contre elles révoltée,

Veut le juste et le bon !

Nier toute vertu, c'est vouloir l'anarchie ;

L'esprit se fait cadavre aussitôt qu'il oublie

Qu'après Dieu, la nature épèle : Humanité.

L'œuvre du scepticisme est au progrès contraire :

Ses dogmes énervans préparent un suaire

A toute liberté.

Apôtre de la foi qui suit et déifie

Celui qui du calice a bu jusqu'à la lie,

Qui fit germer en bas le principe éternel,

La sainte Égalité, du droit unique mère,

Vous m'avez dit : « Frappez sur toute lèpre amère

Qui ronge son autel !

« Frappez, sans vous lasser, sur cette hydre fatale
Qu'on appelle le doute , et dont la dent brutale
Mord le fruit vert encor de nos jours à venir ;
Ce vampire odieux , que le néant suscite ,
Marche comme un larron parmi nous et s'excite
          A nous abâtardir ! »

Le populaire instinct vous servant de boussole ,
Vous avez aimanté mon cœur qui tourne au pôle
Où , comme un phare, luit l'ardente Vérité ;
Puis , du bien social méditant le problème ,
Vous m'avez expliqué l'Évangile où Dieu même
          Écrivit : Charité !

Oh ! c'est bien noble à vous, modeste Prométhée,
D'avoir à ce creuset refondu ma pensée :
Je vois le préjugé dans la cause du mal ,

Le jour forçant la nuit à lui demander trêve,

Et la fraternité n'être plus un vain rêve,

Mais un devoir légal !

Nimes, novembre 1845.

VII

A QUOI BON LES PLEURER !

—

ÉLÉGIE.

A M. B..., sur la mort de sa Fille.

❦

Lorsqu'un souffle inconnu décolora la joue
De l'enfant bien-aimé, rose sous sa pâleur,
Comme un fruit détaché de l'arbre qu'on secoue,
Un poëme d'amour tomba de votre cœur.

Rêveur, je devinais á votre front qui penche

Le drame paternel immense et douloureux,

De même qu'on soupçonne aux frissons de la branche

La sève qui parcourt ses tubes onduleux.

⚘

Si je n'essayai pas de parler à votre âme,

D'y rappeler l'espoir qui s'en était enfui,

C'est que j'étais certain que Dieu garde un dictame

Pour les justes qu'il frappe et qui croyent en lui ;

⚘

C'est que, me rappelant la parabole sainte

Du poète-martyr * trop tard justifié,

Je craignis qu'une larme offerte à votre plainte

Ne fût un poids de plus pour le crucifié.

⚘

Triste, je me disais qu'une douleur violente

Devait suivre sa pente avant de se tarir,

* Hégésipe Moreau. — *La Fauvette du Calvaire.*

Et qu'opposer à l'onde une digue impuissante,
C'est vouloir l'irriter mais non la contenir ;

⁂

Que le Temps, ce vieillard ami de tout ulcère,
Baume exquis émané de la chaîne des jours,
Calmerait votre angoisse et vous la rendrait chère
Mieux qu'une lyre en deuil se lamentant toujours ;

⁂

Ou bien que la Pensée aux nuances-divines,
Voix d'en haut pour celui qui sait croire et rêver,
Ferait épanouir sur vos lèvres chagrines
Ce chant mélancolique : « A quoi bon la pleurer !

⁂

« A quoi bon les pleurer ces créatures frêles
« Que la mort fait parfums, anges, brise ou rayons ?
« Pauvres oiseaux perdus à qui Dieu rend les ailes,
« Cet attribut sacré des simples et des bons !

« Harmonieux esprits, blonds sous leur auréole,

« La fange des sentiers où nous traînons nos pas

« N'est point faite pour eux, ineffable symbole,

« De cette pureté qu'on profane ici-bas !

« Sur le gouffre béant où se tordent les hommes,

« Les enfans envolés pendent comme des fleurs,

« De leurs calices d'or mariant les aromes

« A l'air où va hurlant l'essaim de nos douleurs.

« A quoi bon les pleurer, lorsque, sur cette terre,

« Prostituant son luth aux meurtriers de la Foi,

« Le poète lui-même insulte à la prière !... »

— Entre tous, ces enfans sont bénis, croyez-moi ;

Car nous, pour expier nos froides infamies,

Pour épurer nos cœurs des instincts ténébreux,

Nous restons, condamnés aux pâles Gémonies,

L'œil fixé sur la tombe espoir des malheureux !

Nîmes, 1845.

VIII

CHÊNE ET PEUPLE.

Voyez ce chêne au vert feuillage,
Au tronc ridé comme un vieillard ;
Qui pourrait indiquer son âge ?
Fut-il produit par le hasard ?
Quelle haleine couva son germe
Et plaça sous son épiderme
La sève qui le fit grandir ?
Est-il d'origine immortelle,
Ou bien dans la nuit solennelle,
O Temps ! dois-tu l'ensevelir ?

Pour faire éclore ses racines

Dont l'univers est le berceau,

Il reçut les larmes divines

Et les sueurs de Mirabeau.

L'œil humain, sous sa rude écorce,

Ne saurait pénétrer sa force :

Elle est le secret du Seigneur ;

S'il succombe dans une lutte,

Son triomphe naît de sa chute,

Car il écrase son vainqueur.

❈

Mais, bon jusqu'à l'imprévoyance,

Pourquoi porte-t-il dans son flanc

Cette vipère qui l'encense

Et qui demain boira son sang ?

Pourquoi souffre-t-il que le lierre

Ente sa tige meurtrière

Sur un sein qu'il doit épuiser ?

— Peuple, comprends ma parabole :

César, assis sur ton épaule,

Cache des fers sous un baiser.

IX

SIMPLE RÉCIT.

ÉLÉGIE.

La rafale, en passant, tord le vieux peuplier,
La tempête des flots courbe l'algue marine,
Sous le nuage noir meurt la fleur du hallier,
Tout astre qui s'éteint laisse une âme chagrine.

Paulus avait vingt ans, son œil était de feu,

Une fille du monde enveloppa sa vie ;

Il la vit, il l'aima plus que sa mère et Dieu....

Enfans, l'amour du cœur comme un crime s'expie.

Des aveux échangés sous les saules du val

Peuplèrent de ses nuits les veilles solitaires ;

L'insensé savoura ce bonheur idéal

Qui découle pour nous des choses éphémères ;

Le matin lui rendait ses transports de la nuit,

Le même nom vibrait sur sa lèvre pâlie ;

On le voyait errer pensif et loin du bruit...

Enfans, l'amour du cœur comme un crime s'expie.

Le soir, sur la colline, au pied d'un chêne-vert,

Sa tête s'égarait dans des pensers de flamme,

Il parlait à la brise, et dans ce lieu désert

Se penchait près de lui comme une ombre de femme ;

Leurs mains s'entrelaçaient afin de mieux s'unir ,

Ils juraient de marcher ensemble dans la vie ;

Mais pour elle un seul jour résumait l'avenir...

Enfans , l'amour du cœur comme un crime s'expie...

❦

Pour Paulus , il plaça toute l'éternité

Dans le serment qu'il fit à la belle inconnue ;

Mais quand les moissonneurs , au déclin de l'été ,

Fauchèrent les grands blés dans la campagne nue ,

Le jeune homme apparut , triste à faire pitié ,

Réclamant à chacun son oublieuse amie ;

Il suivit haletant la trace de son pié...

Enfans , l'amour du cœur comme un crime s'expie.

❦

Mais le sable effaça cette empreinte , et depuis ,

Insensible à la faim , il laissa passer l'heure

Sous le chêne noueux qui doublait ses ennuis ,

Ecoutant le torrent qui mugit et qui pleure.

Le ciel vint au secours du pauvre malheureux,

Un pâtre l'assista dans sa lente agonie....

Nul ne revit jamais la dame en ces hauts lieux

Depuis que d'ici-bas son âme s'est enfuie !

Valence , 1845.

X

A J. REBOUL,

SUR SA RÉPONSE A M. ALTAROCHE.

> Ne sentirais-tu pas tes frères dans ton cœur?
> (Adolp. Dumas).

Note mêlée à cet hymne que chante
La poésie au cœur des artisans,
Jusqu'à ce jour, ma lèvre indépendante
N'a point formé de souhaits courtisans;

Des droits de l'homme arborant la bannière,
C'est à Dieu seul que je dis *Majesté*...
Pour que son règne arrive sur la terre *
Il faut aimer la sainte égalité.

Et toi , Reboul , que le sort fit éclore
Dans la phalange où tristes nous vivons ,
Ta lyre doit préconiser l'aurore
De l'avenir vers lequel nous marchons ;
Comprends enfin ton mandat populaire ,
Inspire-toi de la fraternité ..
Pour que son règne arrive sur la terre ,
Poète ami , chante l'égalité.

Oui , chante-la ! sa généreuse haleine
Doit exalter l'apôtre des sœurs.

* *Ce vers est de M. Reboul. — Voy.* Poésies nouvelles.

Quand sur son char l'opulence promène
Son égoïsme auprès de nos douleurs,
Loin d'aduler sa morgue héréditaire,
Contre son or défends l'humanité...
Pour que son règne arrive sur la terre,
Poète ami, chante l'égalité.

Le même doigt sur chaque âme s'imprime,
Nous plions tous sous un' commun niveau ;
Honte à celui qui convoite la cime,
Lorsque pour base il n'a que le tombeau !
Attendrons-nous que la mort régénère
L'être déchu par la servilité ?...
Pour que son règne arrive sur la terre,
Poète ami, chante l'égalité.

Assez longtemps le sophisme et l'audace
Ont abruti nos frères malheureux ;

Sous le soleil chacun doit prendre place :

Où sont les loups qui se mangent entr'eux ?

Au grand banquet convive prolétaire ,

Tu dois un tost à notre liberté...

Pour que son règne arrive sur la terre ,

Poète ami , chante l'égalité.

❧❧

Le sang offert par notre divin Maître ,

Pour racheter l'esclave de ses fers ,

Fut-il versé pour que l'œuvre du traître

De ses liens garottât l'univers ?

Non ! Spartacus , dans nos jours de colère ,

Peut ressaisir son glaive redouté...

Pour épargner un orage à la terre ,

Poète ami , chante l'égalité.

❧❧

Le temps est proche où la foi politique

Sur son autel unira les esprits :

Tous , consacrant le dogme évangélique ,

Déserteront la sphère des partis.

Sublime écho de cette nouvelle ère ,

Que ta parole attise sa clarté...

Pour que son règne arrive sur la terre ,

Poète ami , chante l'égalité.

⁂

L'égalité dont je fais mon idole

A dépouillé ses attributs sanglans :

La Croix , voilà son arme et son symbole ;

Ses vrais soldats sont purs et tolérans.

Lui refuser un culte volontaire ,

C'est l'entraver dans sa fécondité...

Pour que son règne arrive sur la terre ,

Il faut servir la sainte égalité.

⁂

Quand brandissant une hache homicide

Quatre-vingt-treize enfanta la Terreur ,

Elle pleurait, la déesse rigide,

Sur les forfaits qui souillaient sa grandeur !

Si les tribuns faussent leur ministère,

Que nos mépris payent leur lâcheté ;

Combien de fils qui trahissent leur mère !

Poète ami, chante l'égalité

Et qu'ont-ils fait ces tyrans légitimes

Que ton délire a mis sur le pavois ?

Des opprimés, ou plutôt des victimes

Que torturait l'arbitraire des lois !

Quand le monarque en bourreau dégénère,

Prenant conseil de son impunité,

Pour que son règne arrive sur la terre,

Poète ami, chante l'égalité.

Ne sais-tu pas que chaque monarchie,

Lèsant la plèbe et trompant son espoir,

Comme un vampire épuisa la patrie,

Et par le crime usurpa le pouvoir ?

L'histoire est là comme un vengeur sévère

Dont le pardon ne peut être acheté...

Pour que son règne arrive sur la terre,

Poète ami, chante l'égalité.

A l'horison plus de tours féodales,

Plus de martyrs dans leurs noirs souterrains,

L'époque est morte où les hordes vassales

Venaient ramper aux pieds des suzerains ;

Le travailleur sort de l'ombre grossière,

L'enfant d'hier touche à sa puberté...

Pour préparer son règne sur la terre,

Chantons en chœur la sainte égalité!

Car toi, Reboul, issu de la roture,

Cygne chrétien que la France applaudit,

A qui dois-tu cette auréole pure

Qui sur ton front ondule et resplendit?

Chez tes vieux rois, proscrite ou mercenaire,

Sous le bâillon ta Muse eût avorté;

Lorsqu'elle abrite une gloire si chère,

Comment ne pas chanter l'égalité?...

Nimes, juillet 1846.

XI

LUPANAR.

(ÉBAUCHE SOCIALE).

> Femme, relève-toi.
> (LE CHRIST).

I

A l'heure où les fanaux dans la brume surgissent,

Où le fleuve se change en un miroir de feu,

Quand les clameurs du jour par degré s'assoupissent

Et que du vieux Paris s'exile l'œil de Dieu ;

Alors que les palais doublent leurs sentinelles ,
Quand le fluide gazeux , comme un nouvel Argus ,
Sur les tubes noircis fait jaillir ses prunelles
Et trahit le larron qui chemine pieds nus ;

⁂

Parmi les carrefours , blanches comme les nonnes
Que les chants de Bertram évoquent sans frémir ,
De nocturnes beautés , de lascives matrones
Trafiquent de la honte et vendent le plaisir...

⁂

Elles ont pour séduire un œil plein de caresse ,
Une voix dont le son fait palpiter la chair ,
Un bras qui s'abandonne au chaland qui le presse ,
Une gorge de lys qui frissonne au grand air.

⁂

Elles ont , pour l'opprobre , avec un cœur de glace ,
Des blasphèmes fiévreux qui transportent les sens ,

Des gestes qui font peur à la vertu qui passe,
Des cheveux parfumés... et quelquefois vingt ans !

⁂

Elles ont tout, Seigneur, ces pauvres créatures,
Tout ce qu'on aimerait à l'ombre du foyer ;
Il ne leur manque rien, rien que des lèvres pures,
La candeur virginale et la foi pour prier !

⁂

Au seuil du déshonneur, en dépouillant leurs ailes,
Ces anges, que le vice a déchus sans retour,
Ont perdu ce qui fait que les femmes sont belles :
La chasteté native et l'ineffable amour.

⁂

Fuyez, oh ! oui, fuyez loin de ces courtisanes !
D'une triste infamie elles font un labeur,
Leur sourire est un piége et leurs baisers profanes
N'impriment sur le front que souillure et pâleur.

Elles vont recrutant l'innocence qui râle,
L'adolescent craintif et l'obscène vieillard,
Livrant à prix d'argent, comme un objet de halle,
Leur corps où le venin circule sous le fard...

⚛

D'ignobles voluptés ont tout flétri chez elles ;
Leur cœur est un sépulcre où plus rien n'est vivant ;
Elles ont renié les douceurs maternelles,
Car leur félicité naît de l'avortement !

⚛

Dans la Société, qui tolère ces filles,
Le vertige les jette à qui veut les avoir...,
— Ah ! ne maudissons point ces folles en guenilles,
Pardonnons, le pardon fait éclore l'espoir.

⚛

Quand Jésus relevait Magdelaine adultère,
C'est qu'il nous enseignait, dans son amour divin,

Que l'oubli de la faute est toujours nécessaire
A qui veut ramener le faible en son chemin.

Moralistes, penseurs, qui promenez la sonde
Dans ces âmes de fange où la débauche rit,
Placez à vos côtés la pitié qui féconde :
L'Humanité l'exige et la Loi * le prescrit.

Pour bien juger l'effet interrogeons la cause ;
De la prostituée indiquons le berceau :
L'analyse, qui creuse au fond de toute chose,
Adoucit l'anathème et fléchit le bourreau !

FIN DE LA PREMIÈRE PARTIE.

* L'Evangile.

DEUXIEME PARTIE.

L'indignation a produit cela.

(JUVÉNAL).

II.

Papillons de boudoirs, dont l'existence est douce
Comme une primevère éclose dans la mousse,
Benjamins de la mode, à qui rien n'est fatal,
Qui passez de l'orgie aux voluptés du bal,
... Dans les bras d'une femme, au fond d'une dormeuse,
Vous ne trouvez jamais le désespoir qui creuse ;

Votre lèvre a pour coupe un calice embaumé ,

Et votre oreille est faite au mot de *bien-aimé*....

Mais nous , enfans du peuple , à qui votre or insulte,

Quand notre cœur brisé se tâte et se consulte ,

Nous souffrons , voyez-vous , car nous nous demandons

Pourquoi tout vous sourit, tandis que nous , démons,

Expiant ici-bas une faute étrangère,

N'avons d'autres baisers que ceux de la misère...

Pour marcher le front haut, dans notre nudité ,

Il nous reste l'honneur, c'est notre vanité ;

Mais , complices du Ciel qui nous frustre à toute heure,

Vous venez l'arracher à notre humble demeure ,

Puis , souillant sans pitié notre dernier blason ,

Vous greffez l'infamie avec la trahison

Sur les anges-gardiens de nos pauvres familles ,

Pour vos jeux clandestins vous recrutez nos filles...

Ah ! c'est trop abuser de l'immoralité ,

Et ne pas vous flétrir est une indignité !

Oui, le temps est venu de faucher vos scandales ,

Céladons corrompus , héros de saturnales ,

Lovelaces grossiers , suborneurs sans aveux ,

Dans la Société vous êtes des lépreux !

Le cynisme convient à votre âme abrutie...

Si la loi contre nous vous sert de garantie ,

Si devant Turcaret son glaive est sans pouvoir ,

Si tant d'hommes de fer , qui n'auraient qu'à vouloir ,

Dévorent sourdement votre éternelle offense ,

Eh bien ! c'est au poète à demander vengeance ,

C'est à lui d'ameuter la foule contre vous...

Lâches ! courbez le front et tombez à genoux !...

III

Et vous , qui trafiquant du fruit de vos entrailles

De sa virginité sonnez les funérailles ,

Marâtres , qui prêtez vos mains à l'attentat ,

Et qui , méconnaissant votre pieux mandat ,

Passez son innocence au crible de l'escompte ,

C'est sur vous seulement que doit peser la honte ,

C'est vous qu'il faut trainer sur le banc du poteau,

Couvrir d'ignominie et jeter au bourreau !

Barbares, dont l'esprit gangrené par le crime

Calcule froidement ce que vaut la victime,

Si l'homme vous absout avec l'impunité,

Dieu veille : il vous attend dans son éternité !

Ah ! vendre son enfant comme une marchandise...

Au libertin blasé, que son œil galvanise,

La livrer sans remords, ne pas sentir en soi

L'instinct qui doit crier :

                  « Mais cet enfant c'est toi,

« C'est la chair de ta chair, c'est l'âme de ton âme,

« Tu dois l'élever pure et non la rendre infâme ;

« De son abaissement au lieu de te nourrir,

« Mère, tu dois saigner et ton front doit rougir... »

Non, non ! quêtant pour elle un indicible outrage,

Ton cupide intérêt lui donne en apanage

Le pain de la luxure et l'or du déshonneur...

Sois maudite à jamais, je te refuse un cœur !

Ton odieux marché ne peut avoir d'excuse ;

L'enfer seul t'applaudit quand la terre t'accuse !

IV

Là-haut, parmi les toits, comme un flambeau de deuil

Dont les rayons mourans caressent un cercueil,

Sur le châssis brisé d'une étroite mansarde,

Que l'infortune habite et que le vent lézarde,

Une lampe répand son auréole d'or :

L'air est froid, le ciel noir, et Babylone dort ;

La Seine, en s'écoulant, fait frissonner sa plainte...

Triste autant que ses flots, plus belle qu'une sainte,

Pauvre fleur solitaire éclose en ce réduit,

Une enfant de seize ans sanglotte dans la nuit ;

Son visage d'albâtre, enchâssé par l'ébène

Révèle de son cœur l'amertume et la peine :

Dans l'âge du bonheur, son front n'est plus joyeux,
Le désespoir s'y creuse un sillon douloureux ;
Son corps malade et pur comme un saule s'incline ;
Elle est seule à pleurer... Dieu l'a faite orpheline !

Son désir le plus beau serait d'avoir ce pain
Que le travail accorde au sacrifice humain,
Manne souvent tardive et que la plèbe gagne
Au sein de l'atelier dont on lui fait un bagne ;
Mais le chômage est là, sinistre et se tordant,
A côté de la faim, ce spectre dévorant
Qui dans l'antre du pauvre élisant son domaine,
Le tue avant le temps et vient rompre sa chaîne...

⚜

Voilà pourtant deux jours que, lasse de souffrir,
La jeune fille attend son heure pour mourir ;
Elle implore le ciel de chasser l'agonie
Qui lui perce le cœur comme un trait d'ironie ;

Son âme est préparée : elle peut dire adieu

A ce monde homicide et remonter vers Dieu.

Comme un rêve sanglant l'existence lui pèse ;

Le délire a changé sa poitrine en fournaise ;

Sur son grabat funèbre elle s'agite en vain ,

La famine l'y cloue et lui ronge le sein...

— Ah ! si vous compreniez cette immense torture

Que j'éprouvai jadis et que mon œil mesure ,

Vous tous , qui disposez du sort de l'indigent ,

Vous vous feriez horreur, tant son supplice est grand ,

Et puisant dans cet or que votre lucre entasse ,

Vous l'en accableriez, afin d'obtenir grâce !

Pourtant, rassurez-vous , elle ne mourra pas ;

Elle est jeune , elle est belle , on lui tendra les bras :

A défaut des secours que la pitié dispense ,

La Luxure viendra sourire à sa démence ;

Elle lui montrera du pain et des joyaux ;

Puis , colombe promise aux serres des corbeaux ,

Placée entre la faim , la Morgue ou l'infamie ,

L'enfant s'éveillera.... les deux pieds dans l'orgie !

FIN DE LA DEUXIÈME PARTIE.

TROISIÈME PARTIE.

Et le pardon de Dieu n'est plus qu'un repentir.

(Ch. Bouscharain).

VII

Ah ! n'oubliez jamais , moralistes fervents ,
Que toute fleur se fane à l'haleine des vents !
Le ciel créa la femme aussi chaste que belle ;
Si l'immoralité la prend sous sa tutelle ,

8

Profanant les attraits de l'ange qu'il pria ,

C'est l'homme corrompu qui la fait paria.

Quand de sa flétrissure on connaît l'origine ,

Sur l'aile du pardon la conscience butine

Dans ces mille parfums qu'exhale la pitié ,

Germes de repentir pour l'être humilié....

Mais malheur à celui qui lui jette la pierre ,

Lorsqu'il met le premier sa pudeur à l'enchère !

Invisible témoin de sa perversité ,

Loin de rester passive en face du traité

Que la luxure impose à toute fille d'Ève ,

La justice éternelle aiguisera son glaive ;

Epargnant la victime et non le séducteur ,

Elle le frappera de son tranchant vengeur ,

Et , proscrivant son nom du livre de clémence ,

Du poète irrité maintiendra la sentence :

Car la main du Seigneur est un creuset profond :

Ce que l'homme a souillé s'épure et dort au fond.

VIII

Quand les pharisiens, aux abords du prétoire,

Par un vote de mort consommaient votre gloire ;

Quand sur le Golgotha, cette Grève d'alors,

Le marteau des bourreaux torturait votre corps,

Et que le sang divin, comme un premier baptême,

Ruisselait sur tous ceux qui hurlaient le blasphème,

Votre âme, en se penchant sur le monde à venir,

Vit-elle le torrent qui devait l'envahir ?

Dites, dites, Jésus ! votre mansuétude

Eut-elle le secret de notre ingratitude ?

La torche du supplice, éclairant votre esprit,

Vous fit-elle entrevoir que vous seriez maudit

Et que votre agonie, aux tableaux si funèbres,

Rencontrerait l'oubli dans nos jours de ténèbres ?

Ah ! vous aviez compris le futur abandon

Qui récompenserait votre œuvre de pardon,

Car, mesurant le crime au zèle expiatoire,

Vous souffrites beaucoup pour nous conduire à croire,

Vous aviez tout prévu, l'Évangile avait dit :

L'homme est faible et la chair triomphe de l'esprit !

IX

Dans les landes du mal que la pensée explore,

D'un jour plus radieux nous attendons l'aurore ;

Voyageurs fatigués de marcher dans la nuit,

Nous cherchons l'étendard qui jadis nous unit.

Dans l'ombre du passé, gigantesque ossuaire,

La croyance s'endort sur les grains d'un rosaire,

Et l'exemple donné par les premiers martyrs

Se perd dans les sentiers de nos vieux souvenirs...

La colonne de feu qui brillait pour Moïse

Ne conduit plus nos pas vers la Terre-Promise ;

En vain, sur les hauteurs, l'homme va cherchant Dieu,

Le doute l'environne et l'assaille en tout lieu....

Le vaisseau social que la vague ballote,

Une deuxième fois sollicite un pilote

Qui, faisant la vigie au sein du tourbillon,

Au gouvernail brisé creuse un nouveau sillon.

Le découragement, qui désenfle la voile,

Du moderne Messie a méconnu l'étoile ;

Le siècle, dans sa fièvre, a défié l'éclair ;

De ruine et de mort tout nous parle dans l'air,

Et le vent du sépulcre, en passant sur nos têtes,

En des jours désolés change nos jours de fêtes !...

Les feuillets de la Bible, entachés par l'oubli,

Ne font plus palpiter notre cœur avili ;

L'humanité, saignant sous la lame contraire,

A l'horison brumeux cherche un autre Calvaire ;

Mais son ardent appel s'égare sans échos,

Dans le cercle infini qu'habite le cahos !

X.

Pourtant, si vous voulez que la loi s'accomplisse,

Homme-Dieu, revenez pour vider le calice ;

Car tout le sang offert pour nous persuader
Se fige sur le sol qu'il n'a pu féconder...
Séduit par le brillant de dogmes éphémères,
L'âme va s'abreuver à des sources amères ;
L'erreur porte sa pierre à la tour de Babel ;
La doctrine à la foi propose son cartel,
Et le monde, abusé par tant de faux prophètes,
S'étonne qu'en ce jour vos lèvres soient muettes.

Nîmes, juin 1846.

FIN DE LUPANAR.

XII

LE TRONC DU TREMBLE.

—

ÉLÉGIE.

Je veux fuir, mais en vain, ce tremble solitaire
Qui garde encor deux noms baignés de tant de pleurs !
Oh ! mensonge accablant des amours de la terre!
L'écorce se souvient, l'oubli gagne les cœurs !

De tous nos sentimens la source est incertaine :
Je ne sais quel reflet d'un espoir effacé
Vers cet arbre chéri malgré moi me ramène :
C'est un livre où je lis le rêve du passé.

❧

Je m'assieds tristement sous sa feuille jaunie,
Puis mes yeux vont scrutant le sentier vaporeux ;
Mais vous ne venez plus, et la pâle élégie
Est seule à se pencher sur mon front soucieux.

❧

Quelquefois, dans les flots du vague crépuscule,
Je crois voir onduler votre robe de lin ;
Mais le sylphe évoqué par mon âme crédule
N'est qu'un bouleau fuyant dans l'azur du lointain...

❧

Pourtant, quand je pressais vos mains si diaphanes
Sur mon sein qui se brise à votre souvenir,

J'étais loin de penser que vos lèvres profanes
M'abusaient par un mot qui brûle et fait mourir !

⊰⟨⟩⊱

Vous consacrant alors de ma blonde jeunesse
Tous les trésors d'encens si vite évaporés,
Je croyais, oh ! plaignez ma confiante ivresse !
Vous conduire où s'en vont les esprits égarés...

⊰⟨⟩⊱

Mais vous m'avez appris qu'une blanche auréole
Se compose souvent d'élémens corrupteurs ;
L'amour sert de prétexte à la vanité folle,
Et toujours le serpent se cache sous les fleurs.

⊰⟨⟩⊱

Je veux fuir, mais en vain, ce tremble solitaire
Qui garde encor deux noms baignés de tant de pleurs !
Oh ! mensonge accablant des amours de la terre !
L'écorce se souvient, l'oubli gagne les cœurs !

Forêt de Fontainebleau, septemb. 1844.

XIII

LA GLOIRE.

Oui , oui , battez des mains et puis criez vivat !
Vous , juges , donnez-lui la palme du combat ;
Fortune , sur ton char blasonne sa pensée !
Proclamez-le bien haut : son génie est divin !
L'enthousiasme en lui , comme un puissant levain ,
Fermente et vous promet un nouvel Odyssée.

Demain, vous le voûrez à la mort, à l'oubli ;
Dans son jeune triomphe aiglon enseveli,
Il vivra quelques jours des fleurs de sa couronne,
Et puis, comme Gilbert, il apprendra trop tard
Que souvent le burin se transforme en poignard
Et qu'en nous illustrant son acier nous moissonne.

⚜

Telle est l'indignité de nos siècles présens :
Il faut que le poison se marie à l'encens ;
Lorsqu'on a vu ses pieds on méprise l'idole ;
Les destins les plus grands sont les plus orageux,
Et les hommes choisis peuvent se dire entr'eux :
« La roche Tarpéienne est près du Capitole. »

⚜

Dans une coupe d'or doit-on boire le fiel ?
Le talent qui s'expie est-il un don du ciel ?
C'est à faire douter des choses les plus saintes....

A quoi bon s'immoler et voir pâlir son front ,

Lorsque le sacrifice est payé par l'affront

Et qu'un Judas vous vend sous ses caresses feintes?

Malheur donc à qui du sort du domaine banal !

L'envie avec sa dent mordra son piédestal

Quand sa tête essuira les éclats de la foudre ;

Dans ce monde frivole , aussi jaloux que vain ,

Le bonheur n'est acquis qu'à l'insecte mesquin

Qui vole terre-à-terre ou rampe dans la poudre.

Nîmes , novemb. 1846.

XIV

LE DIMANCHE.

Dans l'air, j'entends vibrer de notre cathédrale
Le clocher bysantin qu'a meurtri le vandale ;
Par ma fenêtre ouverte, où chantent les oiseaux,
Le soleil du Midi dans ma chambre ruisselle ;
Le jour s'annonce pur comme cette hirondelle
    Qui fait son nid sous mes rideaux.

Ah ! quel heureux réveil et quel joyeux dimanche !

Le peuple s'est levé dans sa chemise blanche ;

L'allégresse pour tous va régner jusqu'au soir ,

Elle va déborder comme une source pleine ,

Pour nous faire oublier ce que notre semaine

      A contenu de désespoir.

∾

Les chantiers sont déserts , les fabriques sont closes.

La fille de Nemos a mis ses rubans roses ;

Elle va prier Dieu , rêver à son amant :

Car dans le Languedoc on aime sans mesure,

Et la foi n'y sait pas étouffer la nature ,

      Ces deux fibres du sentiment.

∾

L'artisan, paresseux , n'obéit plus à l'heure :

Le repos s'est glissé dans sa pauvre demeure ;

Il baise avec loisir son enfant au berceau.

L'opulence n'est pas le désir de son âme ;
Non, il borne ses vœux au bonheur de sa femme,
A celui de son fils si beau !

⁂

Le ciel paraît plus doux, la misère moins nue ;
La jeunesse folâtre encombre l'Avenue,
L'atmosphère s'emplit de parfums, de chansons ;
Des intimes douleurs tout être se dépouille,
Car l'esprit et le corps veulent quitter leur rouille
Comme le seuil de nos maisons.

⁂

Ah ! sachons profiter de ce moment de trêve,
Car le septième jour s'efface comme un rêve,
Et lundi le travail exploitera la faim...
Vive la liberté quand nous l'avons pour hôte !
Prenons-la sous le bras et marchons côte à côte
Jusques au lendemain !

Sur le fauteuil rustique où s'assied le poète,

Sa vieille mère a mis ses vêtemens de fête ;

Il va chercher sa Muse errante dans les prés,

S'asseoir languissamment dans les herbes mouillées,

Et méditer des vers pour charmer les veillées

De ceux qui les liront après !

Nimes, juin 1845

XV

ILLUSIONS PERDUES.

—

ÉLÉGIE.

Victime offerte à la gloire vénale,
J'ai déserté le foyer maternel
Pour m'isoler dans cette capitale
Comme à la mer se perd un grain de sel ;

Jeune et séduit par l'éclat du génie,

A mon départ je crus voir s'avancer

Des bras amis jaloux de m'enlacer...

Rien n'est menteur comme la poésie...

⁂

Mécompte amer! hélas! pour toute étreinte

Je n'ai senti que celle de la faim ;

Au lieu de miel je m'abreuve d'absinthe ,

Et la douleur glane sur mon chemin.

Le ciel veut-il peut-être que j'expie

Par des malheurs l'oubli que j'en ai fait ;

Mais je croyais que le ciel pardonnait...

Rien n'est menteur comme la poésie.

⁂

Désenchanté , de mansarde en mansarde ,

Seul j'ai foulé la paille des grabats ;

Point de rayon , de ceux que Dieu nous darde ,

N'a fait germer une fleur sous mes pas !

J'ai demandé de l'amour.... infamie !
La vanité l'a déchu sans retour ;
Mais j'en avais douté jusqu'à ce jour...
Rien n'est menteur comme la poésie.

Dans l'amitié, parfum sublime et tendre,
J'ai vainement poursuivi le bonheur :
Je n'ai jamais trouvé pour me comprendre
Dans la tristesse une pauvre âme sœur.
Oh ! tout devait m'échapper dans la vie !
Mes rêves d'or, pourquoi sitôt pâlir?
En vous perdant j'ai cru m'anéantir...
Rien n'est menteur comme la poésie.

Bien qu'une voix, prudente conseillère ,
M'eût ardemment prié de renoncer
A l'avenir qu'elle nommait chimère ,
J'aurais trouvé faiblesse à l'écouter.

A son penchant insensé qui se fie ,

Dis-je aujourd'hui que je suis revenu

De cette erreur , car je suis pauvre et nu...

Rien n'est menteur comme la poésie.

L'illusion que mon âme déplore

En me quittant me convie à mourir ,

Car cette terre, où tout se décolore ,

Est un sentier qu'on ne peut parcourir

Sans son appui ; mais vivant de ma vie ,

Ma mère aussi subirait mon trépas ;

Car pour son cœur je suis tout ici-bas :

Gloire , bonheur , richesse et poésie !

Paris , août 1843.

XVI

A UNE JEUNE FILLE POÈTE

MORTE A SEIZE ANS.

La lyre sous mes doigts se réveille et frissonne ,
Un funèbre devoir la convie à gémir...
Gloire ! suspends ton vol et tresse une couronne ,
A l'ange du martyr que mon culte environne
Et qui n'est plus qu'une ombre , un rêve , un souvenir !

Les parfums durent peu, leur trace est éphémère :
Douce comme un soupir, triste comme un adieu,
Elle mêla ses pleurs à notre vie amère,
Puis elle déserta ce grand val de misère,
Pour remonter au ciel, sur un signe de Dieu.

Emblème de la fleur qu'on nomme sensitive,
Son âme languissait dans ce monde fatal :
A l'esprit méconnu la mort parait tardive ;
Car l'existence humaine est navrante et plaintive,
C'est le crime expié, l'héritage du mal !

II

Heureux qui, dans nos jours de ténèbres, d'orage,
Des langes du berceau dans la tombe s'endort !
Lorsque les pieds saignans on marche sans ombrage

Et qu'on est déjà las au matin du voyage,
Oh ! bienheureux celui que moissonne la mort !

Lorsque du mendiant la quêteuse escarcelle
Sollicite sans fruit l'égoïsme repu ;
Quand la femme a souillé la blancheur de son aile,
Au vent de la douleur livrant sa barque frêle,
Le poëte se voile et fuit vers l'inconnu.

Pour moi, de qui le sort a fatigué l'attente
Et dont le cœur blasé succombe sous l'ennui,
Pèlerin soucieux qu'emporte la tourmente,
J'aspire au crépuscule où, repliant ma tente,
J'irai m'ensevelir dans le fleuve d'oubli !

Paris, 1843.

XVII

STANCES

Dédiées à une Enfant au Berceau.

Ange, qui n'avez pas encor creusé la vie
Comme fait d'une tombe un pâle fossoyeur,
Et qui balbutiez la sainte mélodie
Qu'aux lèvres de l'enfant transmet la voix du cœur ;

10

Doux rayon qui buvez à la coupe odorante
Où votre mère a mis tout le lait de son sein ,
Et qui ne savez pas que l'âme , nue errante ,
De brillante qu'elle est sera sombre demain ;

⁂

Rêve blond qu'enveloppe un voile diaphane,
Pur des larmes de deuil qui coulent de nos yeux ,
Vous n'avez fait qu'un pas dans cette âpre savane
Qu'il nous faut parcourir pour atteindre les cieux.

⁂

A votre âge, où tout est lumière et transparence,
On ne sait même pas les noms qu'on donne au mal ;
Ignorez-les toujours, ils peignent la souffrance ,
Cet agent ténébreux qui flétrit l'idéal.

⁂

Oui , sommeillez longtemps, suave chrysalide,
Dans vos langes soyeux , ce fragile trésor ;

Car ce monde funeste est un réseau livide
Où tombent le phalène et le papillon d'or :

❦

L'oubli, la volupté, cet amalgame impie,
Alimentent sa fièvre et son culte insensé ;
Son âme est à l'enfer, son cœur est á l'orgie ;
Tout se fane et s'attriste où son souffle a passé.

❦

Il ne respecte rien ! Son amer scepticisme
Prodigue le sarcasme à celui qui, croyant,
A l'aide de la foi, comme à travers un prisme,
Voit l'immortalité dominer le néant.

❦

Etoile de l'exil, au ciel où l'on vous pleure
Puissiez-vous remonter sans vous unir à lui,
Avant que la douleur de sa main vous effleure
Et profane ce front si limpide aujourd'hui.

Ou bien si vous vivez , ma belle jeune fille ,

Imitez cette fleur aux lobes de velours

Qui , pensive , dans l'ombre où sa corolle brille ,

Encense le Seigneur et parfume les jours.

Nimes , octobre 1845.

XVIII

RICHE ET PAUVRE.

Quel est ce glas qui frappe l'air
De ses notes agonisantes ?
Toutes les cloches bourdonnantes
Font un bruit digne de l'enfer !

La nef lugubre et les chapelles
Brûlent des cierges à loisir...
Pour qui ces pompes solennelles?
C'est un riche qui va mourir.

⁂

Pour qui ces pleurs et ces sanglots,
Interrompus par la prière?
Ces fronts, plus pâles qu'un suaire,
Rangés près d'un lit de repos?
Au ciel va s'envoler une âme,
Cette âme est celle d'un martyr;
Plaignez ses fils, aidez sa femme,
C'est Lazare qui va mourir!

⁂

Pour qui ces prêtres et ces chants,
Puis tout ce luxe de l'église,
Ce corbillard qu'on adonise

Et ce cordon de pénitens?

Des héritiers, vautours avides,

Suivent un cercueil sans gémir ;

De regrets tous les cœurs sont vides....

Un riche s'est laissé mourir !

Quel est ce sale tombereau

Dont les flancs cachent un cadavre?

Que son air d'abandon me navre !

On dirait le train du bourreau....

Un fossoyeur marche derrière

Suivi d'un chien triste à mourir :

C'est le convoi de la misère...

— Riche et pauvre vont se pourrir.

Nimes , mars 1846.

XIX

NOUS ÉTIONS AU PRINTEMPS.

Nous étions au printemps, comme une fleur nouvelle,
Le ciel me l'envoya ; mon Dieu qu'elle était belle
Lorsqu'elle m'apparut pour la première fois ;
Hélas ! qui m'aurait dit qu'elle était peu fidèle
Sa voix.

Nous étions au printemps, je cueillis avec elle
La pervenche qui dort sur sa tige si frêle,
Et ma lèvre effleura son front déjà rêveur ;
Las ! pouvais-je prévoir qu'il serait infidèle
            Son cœur !

Nous étions au printemps, les blondes jouvencelles
Avaient besoin d'amour comme les hirondelles ;
Dans son chaste regard je surpris des aveux ;
Hélas ! qui m'aurait dit qu'ils étaient infidèles
            Ses yeux !

Nous étions au printemps, au pied de la tourelle,
Elle me dit ce mot qu'à seize ans on épèle ;
Ses doigts dans mes cheveux s'égarèrent soudain...
Hélas ! qui m'aurait dit qu'elle était infidèle
            Sa main !

Nous étions au printemps, mon âme qui l'appelle

Aurait cru que sa foi resterait éternelle ;

Mais avec la saison tout passe, fleur, amour...

Aussi la jeune enfant devait m'être fidèle

Un jour !

Nimes, avril 1845.

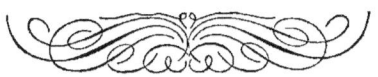

X X

MISSEL ET JEUNE FILLE.

Quand de votre missel, que le velours habille,
Votre régard de vierge argente les feuillets,
Vous n'êtes plus pour moi la belle jeune fille
Qui folâtre dans l'herbe et cueille des bluets.

Comme une vision dont on n'a point d'image ,

Mon esprit fasciné vous contemple à l'écart...

Si vous pouviez savoir ce que votre visage

A de piété douce et de vertu sans fard ,

Vous diriez avec moi, qui plonge dans votre âme

Et qui vois les rayons dont elle resplendit :

Lequel est le plus pur du livre ou de la femme ,

De l'ange ou de l'écrit ?

Nimes , 1845.

XXI

11

LA CHARITÉ.

(ÉBAUCHE SOCIALE).

Qui donne aux pauvres prête à Dieu.
(V. Hugo.)

I

Si vous voyez encor, dans le bourbier des villes,
Des pauvres se traîner comme font les reptiles
Que l'orage a jetés sur les bords du chemin,
Ne vous détournez pas, car ils sont sans venin.

Quand vous comprendrez mieux les saintes paraboles

Par lesquelles Jésus enseignait nos symboles,

Vous n'éviterez plus leurs regards supplians ,

Mais , prenant en pitié les pleurs des mendians

Et méprisant la voix d'un préjugé barbare,

Vous verrez des martyrs dans les fils de Lazare ;

A ces déshérités , que tourmente la faim ,

Vous offrirez un gîte avec un peu de pain,

Et n'ajouterez plus au deuil de leurs misères

En oubliant que Dieu vous les donna pour frères !

II

Ne vous inspirez point du code social ,

Son but est égoïste et son sens immoral ;

L'ardente charité ne comprend pas l'aumône :

Ce n'est point par devoir mais par amour qu'on donne ;

A puiser dans le cœur il faut s'accoutumer ,

Et pour bien compâtir hommes sachez aimer.

Rien n'est plus insultant qu'une pitié frivole

Qui ne sait point mêler l'offrande et la parole,

Elle aigrit l'indigent qu'elle croit secourir ;

Chaque âme a sa grandeur, il faut la prévenir.

Pensez-vous que celui qui demande la pite

Devant le Créateur soit exempt de mérite?

Que le Camoens proscrit, qu'Homère vagabond,

N'aient pas ainsi que vous l'esprit noble et profond?

Ah ! ne l'oubliez point, il est des infortunes

Qui brillent dans leur nuit comme un feu sur les dunes;

La misère est un lustre, elle honore celui

Qui ne convoite point le superflu d'autrui,

Et qui mourrait sur l'or, que son bras peut atteindre,

Sans ravir une obole à qui ne sait le plaindre !

De même que l'on voit, sans en être taché,

Le filet cristallin par l'écume caché,

Quelquefois les haillons dont le pauvre se couvre

Abritent plus d'éclat qu'on n'en rencontre au Louvre.

Pour être souffreteux serait-on corrompu?

On a vu le malheur couronner la vertu,

Tandis qu'en usurpant un droit illégitime,

L'opulence est souvent la compagne du crime...

III

Vous ne l'ignorez pas, sur ce globe orageux,

Qui flotte entre un abime et la voûte des cieux,

Le Créateur nous sème et, pour tout héritage,

Nous lègue le travail jusqu'au déclin de l'âge.

Nous n'échapperions pas à cette égalité

Si, refoulant en lui sa sombre lâcheté,

A l'aspect du remords qui torture et menace,

Caïn n'immolait pas un membre de sa race...

Mais parmi nous l'ivraie étouffa le bon grain,

Et l'orgueil de tout mal fut le premier levain.

Le fort sur le plus faible exerçant sa puissance,

Sapa les fondemens de son indépendance,

Puis, victime isolée en ce combat maudit,

Le faible devint pauvre et le fort s'enrichit!.

Telle est de la grandeur le principe exécrable;

Voilà ce qui condamne aux miettes de la table

L'être à qui notre nom rougit de s'allier

Et que le désespoir conduit à mendier...

IV

Ah! sachons réparer nos froides injustices!

Ne nous laissons plus choir sur la pente des vices;

Les abus à la haine invitent l'opprimé,

Et Gomhorre en un jour se trouva consumé...

Pour rétablir en-bas la divine harmonie,

Faisons qu'au grand banquet chacun se rassasie,

Ou craignons qu'en mourant sur son grabat, martyr,

Lazare ne nous lègue un triste repentir.

Méditons, méditons l'histoire de la Bible ;

Mauvais riche, lis-la ! son dénoûment terrible,

A défaut des instincts de la fraternité,

T'inspirera la peur... et puis la charité !

FIN DE LA PREMIÈRE PARTIE.

DEUXIEME PARTIE.

Riche, tends-lui la main, appelle-le ton frère,
Le même sang t'a racheté.
(J.-A. CAYRIER.)

V

Ah ! pour sonder le gouffre où saigne la misère,

Il faut être animé d'un zèle bien austère ;

Comme un enfant penché sur de profondes eaux,

Le vertige vous prend dans ses mille réseaux...

Quand l'oreille saisit la lugubre sténie

Qui monte par degré de ces lieux d'agonie,

Il passe sur le front un nuage glacé,

Miasme ténébreux où la mort a passé ;

L'âme s'ouvre à la peur comme la bouche close

S'ouvre pour aspirer le parfum d'une rose,

Puis, semblable au larron, quand le ciel est obscur,

On craint de voir surgir des spectres sur le mur ;

Le corps, que fait trembler le frisson du malaise,

Se brise comme un flot abordant la falaise,

Et, pareils aux damnés que le Dante a décrits,

On souffre tous les maux dont on entend les cris !...

Pour ne pas défaillir dans le bouge livide

Où près du désespoir l'humanité le guide,

Maîtrisant les sanglots qui déchirent son cœur,

Le poète a besoin d'étouffer sa douleur :

Il faut, comme autrefois faisait Vincens-de-Paule,

Qu'il sourie à celui qui pleure et se désole ;

Il faut, dût-il aussi boire un calice amer,

Qu'il arrache le masque á ce siècle de fer ,

Et qu'il n'hésite pas à frapper d'anathème

Le Midas qui s'endort ne pensant qu'à lui-même !

VI

Egoïste endurci , sybarite odieux ,

Qui brûlez votre encens sur l'autel des faux-dieux ,

Les larmes qui s'en vont par toutes les fissures

De ce rocher , le peuple , et tombent sans murmures

Sur vos mains que l'aumône implore sans succès ,

Tandis que vous vivez de débauche et d'excès ,

Ces larmes du malheur , qui toujours vous supplie ,

Se changeront pour vous en une triste lie ;

Plus tard , quand le néant réclamera ses droits ,

Vous rendrez compte au ciel de ce que vos cœurs froids

Auront jusqu'à la Morgue entraîné le suicide

Et consommé l'horreur d'un lâche fratricide !...

Allez , d'un fol espoir vous vous targuez en vain ;

Il est une puissance au-dessus du destin ,

Qui , dans l'éternité replaçant l'équilibre ,

Vengera les affronts qu'on fait à l'homme libre !

Le drame de la vie alors sera joué ;

Au même pilori chacun de nous cloué ,

Et placé tour à tour dans la même balance ,

Aura son châtiment ou bien sa récompense ;

Là , nous apparaîtrons sans faste ni bandeau ,

N'ayant d'autre ornement que celui du tombeau !...

Quoi ! tandis que , couvert d'une sale guenille ,

Sous vos pieds dédaigneux le dénûment fourmille ,

Comme on foule en marchant un insecte hideux ,

Vous pensez que l'on doive écraser le lépreux

Qui , d'une voix tremblant de faiblesse et de honte ,

Malgré tous les dégoûts que son âme surmonte ,

Vous demande le pain qui peut le soutenir

Et n'attend qu'une obole afin de vous bénir...

Non ! Celui dont la main façonna la matière ,

Celui dont un rayon produisit la lumière ,

Celui qui nous tira de son sein paternel

Et plaça le remords auprès du criminel ,

Celui-là ne veut pas qu'outrageant la nature ,

On laisse un de ses fils privé de nourriture.

Aux besoins du prochain chacun doit se plier ,

Et malheur à l'ingrat qui pourrait l'oublier !

VII

En vain , s'enveloppant d'un cruel optimisme ,

Votre esprit fait jouer les ressorts du sophisme ;

Exploitant les erreurs de la Société ,

Vous dites que le pauvre a toujours existé ,

Que rien ne peut changer l'ordre établi des choses ,

Et que , si les effets répondent à leurs causes ,

Votre cœur que le ciel ne fit point pour sentir ,

De sa froide rigueur ne peut se repentir....

Barbare faux-fuyant , philosophie étrange ,

Ne sommes-nous pas tous pétris de même fange ?

Opulence, grandeur, absurdes préjugés !

Selon le bien qu'ils font les hommes sont jugés ;

Car le Christ, de nos lois construisant l'édifice,

Grava sur son fronton : AMOUR et SACRIFICE !

FIN DE LA DEUXIÈME PARTIE.

TROISIEME PARTIE.

Les droits suivent les biens.
(Ch. Bouscharain).

VIII

C'est l'hiver ! Oh ! voyez, quand l'horizon n'a plus
Que des tons rembrunis, ces pauvres demi-nus !
On les prendrait de loin pour de blanches statues
Que la neige improvise à chaque coin des rues,

Si leurs frissonnemens ne venaient avertir
Que ces torses humains palpitent pour souffrir...
Leur profond désespoir ressemble à la démence ;
Comme un chant du trépas leur plainte se cadence :

« Pitié ! s'exclament-ils en vous tendant la main ;
« Le travail a manqué, nos fils n'ont point de pain,
« Ils mourront cette nuit... Oh ! faites-nous l'aumône,
« Si vous voulez qu'un jour le Seigneur vous pardonne. »

Mais vous , enveloppé dans les plis d'un manteau ,
Vous passez ; le mépris , voilà le seul cadeau
Que votre âme réserve à ces douleurs proscrites
Qui de tous les besoins connaissent les limites...
Pourquoi les secourir ? vous savez que , demain ,
La brutale police en fera son butin ;
Dans les dépôts créés par la *philantropie* ,
Au prix de l'esclavage on leur vendra la vie :
Séquestrés sans retour , condamnés au labeur ,
Des bourreaux percevront le gain de leur sueur ;

Et bientôt, maudissant la fortune qui change,
Ils chercheront la mort qu'ils fuyaient dans la fange !

IX

Philantropes sacrés, novateurs généreux,
Vers cette ère harmonique où tendent tous nos vœux,
Vers cette ère de paix , d'union fraternelle ,
Où pour tous du bonheur s'emplira la mamelle ,
Guidez l'humanité qui s'aveugle , se perd
Et ne voit pas sous elle un abime entr'ouvert.
Oui , la Société demande des réformes !
Soumettez sa balance à des poids uniformes ;
Que votre esprit , habile à constater le mal,
Ne lui destine plus un remède idéal ;
Ardent à l'attaquer jusque dans sa racine,
Le scalpel doit agir lorsque l'œil examine.
Hâtez-vous (le péril s'augmente du retard);

12

Substituez votre œuvre à celle du hasard ;

Le pilote qui dort au moment du naufrage,

Répond des passagers qu'ensevelit l'orage :

Chacun se doit à tous ; la solidarité,

Comme un verbe divin dicte là charité !

Dites qu'il faut marcher sous sa loi souveraine ;

Que l'homme n'est ici que l'anneau d'une chaîne ;

Que l'être devient faible alors qu'il est exclu,

Et que mille besoins naissent d'un superflu !

X

Pour qu'au champ du travail chacun sème et recueille,

De l'arbre nourricier n'arrachons plus la feuille ;

Dans ce monde parfait chaque germe a son fruit,

Et tout avortement par nous seuls est produit.

Honte, honte à celui qui détourne la séve,

Afin de féconder la branche qu'il enlève ;

L'abondance et la faim naissent de ce forfait,

Et nul ne peut compter les misères qu'il fait...

Ecoutons, écoutons, barbares que nous sommes,

Le bruit sourd qui grandit dans la forêt des hommes :

Ici ce sont des pleurs, là ce sont des sanglots

Qui réveillent dans l'air de sinistres échos.

Du pauvre qui gémit la plainte solennelle

Va frapper les parois de la voûte éternelle ;

Dieu l'entend ; sa clémence un jour peut être à bout...

Ah ! ne défions plus le cratère qui bout :

La lave qu'on excite à briser ses entraves,

Surgit et dans sa chute entasse des cadavres !...

Nimes, septem. 1846.

FIN DE LA CHARITÉ.

XXII

LE CHANT DU TROUVÈRE.

—

NOCTURNE.

Dans la verte Occitanie,
Où la grâce et l'harmonie
Se couronnent de laurier,
Près d'un berceau d'aubépine,

Sur la noire mandoline
Qu'il portait en baudrier,

Un de ces galans trouvères,
Qui vantaient encor naguères
La fidélité des preux,
Dans sa langue de poète,
Adressait à bachelette
Ce soupir voluptueux :

« De ta fenêtre ogivale
L'arabesque végétale
Qui parfume ton repos,
Se ranime sous la brise,
Dont la mélodie exquise
Chante parmi les roseaux.

N'entends-tu ma voix amie ?

Ou bien, colombe chérie,

Sous tes rideaux transparens,

Poursuis-tu quelque doux songe ?

Oh ! vois, la lune prolonge

Jusqu'à toi ses rayons blancs.

Les corolles diaprées

De tes fleurs idolâtrées

S'ouvrent, calices d'amour,

Pour aspirer, vrai dictame,

Ces pleurs qui pénètrent l'âme

Mieux que tous les feux du jour.

Les peureuses lucioles

Comme de vagues paroles

Bruïssent en voltigeant ;

Les étoiles s'illuminent
Dans les brumes qui dessinent
Voiles de gaze et d'argent.

Viens aimer ! la jeune fille,
Dont l'œil velouté scintille,
Ressemble au frêle bouton
Que le soleil fait éclore,
Et qui, sans lui, dès l'aurore,
A sa tombe de gazon.

Rares sont les nuits d'extase,
Du bonheur courte est la phase,
Bien longs sont les mauvais jours ;
La vie est un rêve étrange,
Un lutin qui se fait ange
Dans la saison des amours ! »

Mais cet appel du trouvère,

N'éveilla que la bruyère

Où chantait le ménestrel ;

Car l'ingrate bachelette

Oubliait l'obscur poète

Pour un page du castel !

Lyon, juin 1843.

XXIII

SONNET

A M. POULTIER, ARTISTE DE L'ACADÉMIE ROYALE DE MUSIQUE.

Glorieux héritier du sceptre de la scène,
Ta douce mélodie a laissé dans mon cœur
Des murmures plus purs que ceux de la fontaine
Où Pétrarque a chanté sa divine douleur.

❧

La brise frémissant dans une nuit sereine,
Les parfums répandus par l'urne d'une fleur,

Bien moins que tes accords portent à l'âme humaine
De volupté céleste et d'intime langueur.

Hélas ! tu n'es pour nous qu'un cygne de passage !
Demain, ton vol d'artiste atteindra le rivage
Où Nourrit succomba dans un dernier soupir...

Naples tresse déjà ta future couronne ;
Adieu donc, jeune ami, sois heureux et pardonne
A ces vers qui mourront avant mon souvenir.

Nimes, janvier 1847.

XXIV

❧

VERS

Écrits sur l'Album de Mlle H***

Quand vous détacherez, guirlande fraiche et pure,
Vos festons embaumés de mes tristes rameaux,
Ma muse désolée unira son murmure
    A la plainte des eaux.

Plus malheureux qu'Orphée appelant Eurydice ,

Pour épancher les pleurs que m'apporte la nuit ,

Si je ne trouvais plus votre âme , doux calice

Qui s'ouvre loin du bruit ,

Je maudirais le ciel qui briserait la tige

Sans faire d'ici-bas disparaitre la fleur ,

Et qui m'aurait laissé , Laure , pour qu'il m'afflige ,

Votre amour dans le cœur !

Fontainebleau, 1844.

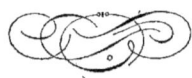

X X V

IMPROVISATION.

Nous vous avons surpris dans les rangs ennemis !
Votre foi politique est une ignoble femme,
Qui livre à tout venant son corps avec son âme,
Se repait d'infamie et trompe ses amis...

Généreux champions du parti prolétaire,

Démocrates plâtrés d'un faux-semblant d'amour,

Vous que l'on vit ramper sous la dernière Cour,

Nous savons ce que vaut votre baiser de frère !

Vous êtes des soldats sans culte et sans drapeau ;

Sous votre masque ingrat chacun peut vous connaître ;

Qui sert la trahison est vendu par un traître ;

Et Dieu sait le punir s'il échappe au bourreau !

Nimes, avril 1845.

XXVI

NÉCESSITÉ DE LA FOI.

⊰⊱

ODE.

Comme Sisyphe qu'il rappelle,
L'homme ici-bas n'est-il jeté
Que pour traîner, peine éternelle,
Le boulet de l'iniquité?

Depuis la chute de son père,

Ses yeux, remplis d'une onde amère,

Sont-ils frappés d'aveuglement?

Poussé sur la pente du crime,

Est-il coupable ou bien victime

D'un indicible châtiment?

⋘⋙

Les soins d'une vaine science

Ont-ils fermé son triste cœur

A la foi comme à l'espérance,

Ces deux compagnes du malheur?

Courbé sous une loi fatale,

Son esprit, moderne Tentale,

A-t-il besoin de vérité,

Mais, retenu dans un abîme,

Ne peut-il atteindre la cîme

Où luit sa féconde clarté?

⋘⋙

C'est ce désir insatiable

Qui doit consoler notre deuil:

Argile impur et périssable,

La chair est promise au cercueil ;

Mais l'âme, essence plus parfaite,

Se purifie et se rachète

Par le martyre et la douleur ;

Reine par l'orgueil avilie,

C'est en passant par l'agonie

Qu'elle retrouve sa splendeur.

Quelquefois le pardon suprême

Se manifeste parmi nous,

Lorsqu'on étouffe le blasphème

Et qu'on l'implore à deux genoux ;

Le peuple saint qui se rallie

A la bannière du Messie

Et qui délaisse le veau d'or,

Lavant son ancienne souillure,

Se relève et se transfigure

Comme Jésus sur le Tabor.

Quand le législateur biblique
Au désert creusait son sentier,
Lorsque son verbe prophétique
Régénérait un peuple entier,
Guidant ses pas dans les ténèbres,
Qui voilaient de leurs plis funèbres
Le cercle illimité des cieux,
Un phare protégeait sa fuite,
Et de l'esclave Israélite
La foi brisait les fers honteux.

Malheur à celui qui dédaigne
L'être inspiré qui le conduit,
Qui veut que sa raison s'éteigne
Afin de marcher dans la nuit !
Semblable au piéton qu'on assaille,
Que l'on dépouille comme on taille
Un arbre chargé de rameaux,
Au début même de la route,

Il sentira la main du doute ,

Fouiller sa poitrine en lambeaux.

⊰⊱

Quand Dieu se choisit un apôtre

Dans le meilleur de ses élus ,

Son cœur n'est point comme le nôtre

Un gouffre ouvert à tous les flux :

Pareil à l'huile qu'on allume ,

Le feu sacré qui le consume

Etend son disque radieux ,

Et , sous le souffle qui l'attise ,

Il se propage et s'éternise

Comme un soleil mystérieux.

⊰⊱

Un siècle peut bien naître impie ,

Renier le Christ et Baal ,

Se confier à son génie

Et se fourvoyer dans le mal ;

Mais quand sa force l'abandonne,

  Lorsque les fleurs de sa couronne

Pâlissent sur ses cheveux blancs,

Avant de replier sa voile,

Son œil éteint cherche l'étoile

Qui doit briller sur ses vieux ans.

Quand sur les vagues qui s'entassent

Planent la tempête et la mort,

Le nautonnier qu'elles menacent

A Jéhova demande un port ;

Ainsi, dans ses jours de tristesse,

Le lendemain de son ivresse,

Lorsqu'elle sonde l'avenir,

Nous voyons la famille humaine,

Comme l'antique Magdelaine,

Supplier et se repentir.

Car la coupe où l'homme s'abreuve

A son écume et son nectar,

Et quand vient le moment d'épreuve,

Il répudie le hasard ;

Son incrédulité s'efface ;

Il cherche un signe de la Grâce

Qui manque à ses besoins nouveaux ;

La foi termine sa carrière...

Comme l'herbe du cimetière,

Elle grandit sur les tombeaux !

Ah ! sans attendre la vieillesse,

Qui doit nous léguer le remord,

Aux sources de toute sagesse

Demandons l'énigme du sort ;

Que la foi dans nos cœurs se pose ;

Comme la plante qu'on arrose,

Elle croîtra sous nos sueurs ;

Pour que nous vienne sa lumière,

Appelons-la par la prière,

Par l'espérance et par les pleurs !

Nîmes , 1846.

XXVII

A LOUIS XVI.

Sire, dormez en paix, je ne viens point maudire,
Mes vers sont généreux pour tout ce qui souffrit ;
Sur votre front glacé la palme du martyre
D'un respect douloureux pénètre mon esprit.

Votre bandeau royal fut parsemé d'épines ;
Votre sceptre doré fut une lourde croix ;
Lorsqu'un trône s'élève au milieu des ruines ,
En Calvaire sanglant il se change parfois !

Vous avez expié les erreurs de vos pères ;
Le monde vous condamne et mon cœur vous absout.
Sire , la Providence a des lois bien sévères
Quand d'un peuple irrité la clémence est à bout.

La faute en est à ceux que le sytème égare ,
Orgueilleux partisans d'un principe inhumain ,
Qui , pour éterniser un préjugé barbare ,
Placèrent en vous seul le pouvoir souverain.

Ce mépris de nos droits tournant au despotisme ,
Sous le vœu de la masse avait à succomber ;

Le lys dut faire place au laurier du civisme,
Et pour faucher la fleur la tige dut tomber !...

Dieu de votre couronne a fécondé la poudre ;
Pardonnez comme lui ce peuple triomphant,
Dont l'ardente colère est fille de la foudre
Qui frappe quelquefois le bon pour le méchant.

Ah ! loin de l'accuser cette liberté sainte
Qui nous restitua des titres méconnus,
Sire, bénissez-la ; si votre sang l'a teinte,
Songez que votre mort fut celle de Jésus !

Nimes, janv. 1846.

LE GÉNIE DU MAL.

—

Dans le lugubre empire où mon aile fiévreuse
S'agite et fait vibrer des notes de malheur,
Ange au front ténébreux, en tournoyant je creuse
Des sépulcres sans nombre où s'assied la Terreur !

Un occulte pouvoir aux voluptés sanglantes
M'entraîne, et je frémis de rage ou de plaisir,
Quand je puis déchirer les fibres palpitantes
De celui que mon souffle ardent a fait pâlir.

⁂

Les râles, les sanglots brisés par l'agonie,
La voix qui se lamente ou celle qui maudit,
Forment pour mon oreille une douce harmonie,
Qui verse le délire à mon cœur de granit.

⁂

La pitié dans mon sein ne saurait trouver place,
Et comme la pitié j'en bannis le remords,
Car j'ai pour moi l'enfer, l'éternité, l'espace....
Je plane sur le monde et précède la mort!

Lyon, juin 1843.

XXIX

A M. JULES CANONGE.

—

Si j'étais moins obscur et vous, Jules, moins grand,
Si vous étiez enfin la branche où se suspend
    Ma jeune et frêle poésie,
Je vous appellerais mon frère ou mon ami,
Et ce nom serait cher à ma muse parmi
    Ceux qu'on encense et qu'on publie...

Mais vous êtes le maître, et moi je ne suis rien ,

Si ce n'est un rêveur qui veut faire le bien

   A ceux qui souffrent dans la rue ;

Vous êtes le semeur dont on baise les piés ;

Moi, je glane, après tous , les épis oubliés ;

   Vous êtes l'astre et moi la nue ;

     ⚜

Aussi , je vous dirai ce que je dis à Dieu :

« Donnez-moi le secret de ce verbe de feu

   « Qui transporte lorsqu'on l'écoute ;

« Dites-moi ce qui fait qu'un homme est plus puissant

« Que tous ces envieux qui rampent en sifflant

   « Dans les ornières de la route ?

     ⚜

« Dites-moi ce qu'il faut de gloire et de mépris

« Pour tourner contre soi tous ces frèlons aigris

   « Qui se nourrissent de scandale ,

« Et qu'on peut comparer au cynique indigent.

« Qui hurle après le riche et va l'éclaboussant

    « De l'ordure de sa sandale ? »

⊰⊱

Et vous me répondrez : « Le talent, voyez-vous,

« Comprend dans son blason la haine des jaloux

    « (Race impudente et ridicule),

« Qui, pour faire tomber la palme de son front,

« Escaladent son torse, et s'évanouiront

    « Sur un seul mouvement d'Hercule.

⊰⊱

« Si le ciel les créa, c'est pour que l'on comprit,

« Par la comparaison, la distance qu'il mit

    « Du vrai mérite à la sottise;

« L'aigle parait plus noble à côté du vautour ;

« La nuit vient ajouter à la splendeur du jour ;

    « Il faut à l'éclair l'ombre grise.

« Dans le calme des soirs, lorsqu'un pâtre romain

« Module sur sa flûte un chant grave et divin,

    « Soupir éloquent du génie,

« L'habitant des marais, caché dans les roseaux,

« Coasse et fait gémir d'insipides échos

    « Pour étouffer sa mélodie. »

Et moi j'ajouterai ce qu'un sage a pensé :

Que l'on doit dédaigner le Zoïle insensé

    Qui vous menace de sa serre,

Et qui, ne pouvant pas détrôner le plus fort,

De son orgueil trompé se fait une arme et mord

    Le talon qui le cloue en terre !

Car le public est juste, et son goût souverain

Juge sans passion, sans haine et sans venin :

Il prononce selon les œuvres ;

Son œil ne confond pas Virgile avec Ronsard ,

Et son indépendance a toujours fait la part

Des rossignols et des couleuvres !

Nîmes , mars 1847.

XXX

QUI DONC A TORT?..

I

Je me suis dit souvent, en sondant les misères
Qui condamnent aux pleurs la masse de mes frères,
Qui donc a tort, le ciel ou la société?
L'homme est-il l'instrument de sa propre détresse,

Ou Dieu ne l'a-t-il enfanté
Que pour nourrir son cœur de fiel et de tristesse ?

⚜

Quoi ! l'harmonie existe au sein des élémens ;
La matière obéit à des lois immortelles,
Et l'âme, supérieure aux choses temporelles,
Dans un cercle vicieux fatiguerait ses ailes
Sans conquérir la paix au prix de ses tourmens...
Non ! puisque la nature à son fruit périssable
Imprime le cachet de la félicité,
Puisque tout s'équilibre en son plan équitable
Et reçoit ses faveurs avec sa volonté,
Le chef-d'œuvre de Dieu, source de la justice,
Fatalement exclu de l'ordre universel,
Ne doit pas graviter, exemple exceptionnel,
Autour du désespoir, se traîner au supplice
Et mouiller de ses pleurs les marches de l'autel
Où tout, tout ce qui vit, s'élève, rampe ou glisse,
Répand sa joie intime et bénit l'Eternel !

II

Le ciel n'a donc pas tort, — mais c'est notre démence,

Fille coupable de l'orgueil,

Qui veut explorer l'existence

Sans se servir du fil que mit la Providence

A sa portée et sur le seuil.

C'est notre vanité qui veut briser ses chaînes,

Méconnaître de Dieu les bontés souveraines.

Analyser son culte et sortir de sa nuit ;

Mais, dans l'aveugle essor qui l'emporte et l'égare,

Elle retombe comme Icare

Dans l'abîme sans fond où tout souffre et maudit !..

❧

Le ciel n'a donc pas tort, c'est notre intelligence,

Qui voudrait élargir sa fragile puissance,

Et s'égaler au Créateur,

Mais qui, ne pouvant pas atteindre sa chimère,

S'irrite et, comme Ajax, défie en sa colère

Les foudres du Seigneur !

Soyons, soyons moins vains. Sur les plaines liquides,

Quand sa barque imprudente a fui trop loin du port,

Le pêcheur attardé qu'enveloppe la mort

Redemande sa route aux étoiles humides ;

De même, sur les flots écumeux de l'erreur,

En butte aux passions qui tourmentent sa voile,

Pour regagner la plage où s'offre le bonheur,

Le vaisseau social doit consulter l'étoile

Que la philosophie obscurcit de son voile

Et que la Foi nous rend dans toute sa splendeur !

Nimes, 1846.

XXXI

L'INDIGNATION DU POÈTE.

Pardonnez-moi, Seigneur, si quelquefois ma lyre
A ses chants fraternels unit l'âpre satire ;
Si l'un des nœuds tombés du fouet de Juvénal
Est ramassé par moi pour châtier le mal,
Si l'indignation m'excite, me transporte
Et donne à l'hémistiche une teinte plus forte,

Ah ! pour aigrir ainsi le plus pur de mon miel ,

(Ma chaste poésie) et le changer en fiel ,

Pour remuer en moi ce levain de colère

Qui fait épanouir la diatribe amère ,

De même que l'éclair déchire le ciel noir ,

Il faut que mon cœur , plein d'un sombre désespoir ,

Abreuvé de dégoûts et saturé de lie ,

Crache tout son mépris aux pieds de l'infamie...

Et comment rester calme et ne pas se dresser

De toute sa hauteur afin de menacer ?

Oui , comment se résoudre à bâillonner sa bouche ,

Lorsque tout ce qui vit dans le monde et vous touche ,

Abjurant à l'envi les principes d'honneur ,

Érige l'égoïsme en suprême moteur ,

Pactise avec la honte et , soit l'homme ou la femme ,

Cherche à faire oublier la noblesse de l'âme ?...

Devant tant de bassesse et de perversité ,

Le coupable est celui qui n'a rien souffleté ,

Qui n'a pas arraché le masque du visage ,

Stigmatisé le vice, épuisé son courage

A battre de sa verge et mordre jusqu'au sang

Ce monstre que chacun abrite dans son flanc!

— Oui, lorsqu'on voit partout la vertu, l'innocence,

A d'ignobles tripots en butte dès l'enfance,

Germe que l'on étouffe en sa fécondité,

Offerte en holocauste à la lubricité;

Lorsque la malveillance avec l'hypocrisie

Se prêtent le concours d'une lâche industrie,

Et que chacun de nous, déifiant le *moi*,

Artise le calcul ou la mauvaise foi;

Enfin, quand tout ce qui porte un nom, rêve ou pense,

Favorise à son gré la commune démence,

Et que les passions ne trouvent plus de frein

Dans la loi sociale ou dans l'esprit humain,

Le poëte, cédant au courroux qui l'inspire,

De son cœur irrité fait jaillir la satire,

Et, jaloux d'arrêter le torrent corrupteur,

De la morale en deuil se fait le défenseur!

Lecteurs efféminés, qui voulez que la Muse
Par de rians tableaux vous charme et vous amuse,
Dites aux romanciers de tuer votre ennui ;
Pour les élus du ciel un nouveau jour a lui :
Persuadez-vous bien que la lyre moderne
Doit se taire pour vous comme pour la taverne ;
Elle doit renoncer aux fleurs d'Anacréon,
A la coupe d'Horace, aux grâces d'Apollon ;
La pâleur doit régner sur ses lèvres vermeilles,
Car de graves sujets sollicitent ses veilles.
Pleine du sentiment de son apostolat,
Elle va prendre part au sublime combat
Que la vérité livre à cette foi grossière
Qui divinise l'or, la chair et la matière,
Creuse un abime à l'homme et, sous de faux dehors,
Lui promet un bonheur qui se change en remords...
Allons, envolez-vous trésors de poésie,
Futiles ornemens d'une aimable harmonie ;
Il nous faut Némésis, son fouet et ses serpens ;
Vertu, sèche tes pleurs, et vous tremblez, méchans !

Nimes, août 1846.

XXXII

SOUVENIR ET TRISTESSE.

—

Élégie à Mme ***

Je vous l'ai dit souvent, Madame, dans la vie
Il est de ces jours froids où l'âme se replie
Comme un frêle éventail et pensive s'endort
D'un sommeil accablant qui ressemble à la mort.
Dans ces heures de deuil, de tristesse infinie,

Où l'on entend dans l'air comme un chant d'agonie ,

Où l'avenir se mêle aux landes du néant ,

On aime à rappeler un souvenir absent.

Pour combler de l'ennui les mornes intervalles ,

Pour jeter un rayon parmi leurs ombres pâles ,

Il nous faut explorer les sphères du passé ,

Afin d'y ranimer un soleil éclipsé ;

Il nous faut rétablir , par la vague pensée ,

Du livre d'autrefois une page effacée...

— Dans ce pélérinage à travers les tombeaux ,

Où les regrets lointains apparaissent nouveaux ,

Où l'on mouille de pleurs la funèbre épitaphe ,

Écrite , en d'autres temps , sur la pierre qui cache

Tout ce que notre cœur adorait ici-bas ,

Ce qu'on aime à revoir , ce qu'on ne confond pas

Avec les feux-follets qui flottent sur la trame

Des ans évanouis , c'est la première femme

Qui nous fit bénir Dieu dans ses embrassemens

Et de nos passions appaisa les tourmens !

—

Ne le blâmez donc pas si sa Muse indiscrète ,

Sympathique témoin des larmes du poète,
Ravivant les parfums de votre souvenir,
Des débris du passé vient vous entretenir.

—

Mon âme, jeune alors, s'effeuillait dans l'attente
D'un de ces amours purs qui la font transparente ;
Ce noble sentiment que la chair avilit,
Dans mon rêve empruntait la forme de l'esprit.
Triste, pâle, oublié, je cherchais dans la foule,
Ce flot qui vers la tombe incessamment s'écoule,
La femme dont le cœur, préparé pour le mien,
Ne verrait dans l'amour qu'un céleste entretien
Où d'un chaste abandon chaque syllabe empreinte
Fait taire le désir, cet enfant de l'étreinte...
— Je ne la trouvais point. — Oh ! de combien de pleurs
Ce veuvage funeste augmentait mes douleurs !
Réduit à n'encenser qu'une Laure idéale,
J'éprouvais ici-bas la peine de Tantale,
Car ma fièvre créait ce sylphe éblouissant,

Qui trahissait toujours mon appel renaissant...

Lorsqu'enfin je vous vis ! Non , la mort elle-même ,

Ne m'enlèvera point ce souvenir suprême :

Comme si Dieu voulait m'enchaîner à vos pas

Tout m'attira vers vous ; je ne résistai pas

A ce pudique élan , dont les saintes ivresses ,

Du vide de mes jours absorbaient les tristesses.

Le prestige s'accrut , je devins insensé ,

Et dans tout l'avenir et dans tout le passé ,

Je ne vis plus que vous... Rien ne peindra , Madame ,

Le trouble dans lequel vous plongeâtes mon âme :

Dévoré par le feu que j'avais allumé ,

J'attendais que par lui je fusse consumé.

Mais vous , pour mes transports feignant l'indifférence ,

Cherchiez à m'enlever jusques à l'espérance ;

Vous aviez tout compris , mes regards indiscrets

Accusaient de mon cœur les orages secrets ;

A me désenchanter vous appliquant sans cesse ,

Vous saviez éluder l'aveu de ma tendresse ;

Ah ! vous m'aimiez pourtant , votre œil noir le disait ;

Mais devant le devoir la lèvre se taisait.

Je lisais ses combats sur sa blanche figure,
Mon Dieu ! de sa rigueur la cause était si pure,
Qu'attendri, bourrelé, j'aurais voulu mourir
Plutôt que d'être heureux au prix d'un repentir...

Si, plus tard, près de vous usurpant une place,
Mon profond désespoir à genoux cria : Grâce !
Si l'ange s'oublia devant tant de douleur,
Si la pitié m'ouvrit les portes de son cœur,
Qui pourrait la blâmer ? La femme qui succombe
En voulant disputer une vie à la tombe,
Peut marcher sans rougir dans la société,
Car son beau dévoûment au ciel même est compté !

Madame, pardonnez à ce nouveau délire
Qui vient mêler des fleurs aux crêpes de ma lyre ;

Je vous l'ai déjà dit : lorsqu'on manque de foi

Dans le bonheur terrestre, et qu'on a devant soi

Des horizons brumeux, d'arides solitudes

Qui semblent du cercueil les sinistres préludes,

Pour reprendre courage et s'aider à souffrir,

Il faut interroger l'écho du souvenir,

Il faut, pour étouffer la plainte ou le blasphème,

Qu'il nous rende ces mots d'autrefois : « Je vous aime! »

Ces mots qu'on entendit lorsqu'on avait seize ans

Et qui ramènent l'homme à ses premiers penchans !

Forêt de Fontainebleau . novemb. 1844.

XXXIII

—

A J, BÉRANGER.

Oui, vous êtes l'égal des plus grands de la terre,
Car votre poésie a fait mùrir le fruit
Qui se trouvait en fleur sur l'arbre de l'esprit
Démocratique et populaire.

Votre cœur, qui sema devant la Liberté
Tous les germes féconds que nous voyons éclore,
Assure à votre nom, que la gloire décore,
  Une sainte immortalité.

     ❧

Les fils de l'avenir, de vos lauriers civiques
Rehausseront l'éclat par leur culte pieux,
Ils vous honoreront entre les demi-dieux
  De nos annales politiques ;

     ❧

Car ils rapporteront au noble citoyen
La palme décernée à l'œuvre du poète,
Et la patrie en deuil, pleurant son interprète,
  N'oubliera pas l'homme de bien :

     ❧

Elle se souviendra du chansonnier sublime
Qui poursuivit sa tâche au mépris des tyrans,

Et supporta les fers , malgré ses cheveux blancs,

    Pour une cause magnanime !

Elle se souviendra que rien ne put ternir

Cette longue carrière aux vertus consacrée

Et que de Béranger la Muse vénérée

    Par la plèbe se fit bénir !

                               Fontainebleau , 1844.

XXXIV

❦

JE VOUS AIME.

Blonde enfant, dont la voix baigne et rafraîchit l'âme,
Lys dont la pureté rappelle de la femme
    Le type harmonieux,
Trésor de volupté que la pudeur décore,

Pardonnez à ces vers que vient de faire éclore
Un regard de vos yeux :

⸎

Je vous aime , parfum d'une sphère lointaine ,
Comme un rêve azuré dont la forme incertaine
Flotte encore au réveil ,
Comme on aime à seize ans une feuille de rose,
L'illusion rieuse et la branche où se pose
Un rayon de soleil !

⸎

Votre nom est plus doux que l'air et la prière ;
En vous tout est beauté , poésie ou lumière ;
Vous êtes un esprit,
Et vous me rappelez ces vierges immortelles
Qu'on couronne de fleurs dans l'ombre des chapelles
Où la Foi resplendit !

⸎

Votre visage , empreint d'une grâce infinie ,
Brille comme un reflet de l'idéale vie ,

Et je l'aime ici-bas
Plus que le souvenir de ma jeunesse absente,
Plus que la gloire, enfin, chimère éblouissante
Qui m'attache à ses pas.

❀

Si vous vous éloignez, la tristesse m'accable,
Et quand je vous revois, je suis comme un coupable
Attendant son arrêt :
Je ne sais quel vertige obscurcit ma pensée,
Mais je ne puis finir la phrase commencée
Et je reste muet !

❀

Alors, pour vous cacher mon trouble et ma souffrance,
Comme un homme souillé je fuis votre présence,
Cause de mon tourment ;
Mais bientôt, désireux de reprendre ma chaîne,
Un pouvoir inconnu près de vous me ramène
Aussi faible qu'avant !

Mais vous, à tant d'amour insensible, peut-être,

D'un œil indifférent vous me voyez paraître

Au milieu de vos sœurs,

Sans deviner, hélas! que mon cœur se consume,

Essuyant tour à tour la joie ou l'amertume,

L'espérance ou les pleurs!

Paris, novembre 1843.

XXXV

16

LA VIE DU PAUVRE.

—

Il naît, et son enfance est un fruit sans saveur,
Une coupe sans miel, un bouquet sans odeur ;
L'aurore de sa vie est triste, rien n'y brille.
Hôte qui vient grossir l'indigente famille,

'Pour ne pas être à charge à ceux qui l'ont conçu,
On le voit de bonne heure au soleil, presque nu,
Courbé sous un labeur qui nuit à sa croissance,
Gagner le peu de pain qu'il faut à l'existence.
— Il éprouve au berceau l'injustice du sort.
S'il ne s'est pas éteint dans les bras de la mort,
Lorsqu'il aura vingt ans, la voix de la patrie
L'arrachera des lieux où son malheur s'oublie :
Exilé de son ciel, sur un sol étranger,
D'une insulte flagrante il saura la venger;
De ses jeunes destins faisant le sacrifice,
Sa valeur lui rendra la victoire propice;
Mais lorsque le soldat deviendra citoyen,
Le pays, cet ingrat dont il fut le soutien,
Laissera sans secours le fils de Bélisaire...
Seul, perdu, sans amis, sans parens sur la terre,
Il reprendra sa tâche et son obscurité.

◦◦◦

Désireux de se faire une postérité
Qui soulage plus tard sa débile vieillesse,

S'il trouve un cœur aimant, écho de sa tendresse,
Il s'assièra joyeux au foyer conjugal ;
Doux au riche, l'hymen est au pauvre fatal :
Remplissant jusqu'au bout sa mission de père,
Les pavots du sommeil fuiront de sa paupière,
— Car pour alimenter l'épouse et les enfans,
Les produits journaliers seront insuffisans, —
Et, penché sous les feux de la lampe nocturne,
Le travail foulera sa veille taciturne...

Aussi, jaune et flétri, fantôme sans chaleur,
A quarante ans déjà dépourvu de vigueur,
Comme un épi fané qui regarde la plaine,
Son corps s'inclinera sous le faix de sa peine...

Malade, souffreteux, n'ayant rien amassé,
Sur le lit d'un hospice il s'étendra glacé,
Et là, les yeux en pleurs, se frappant la poitrine,
Son âme implorera la clémence divine,

Afin d'en obtenir la force et la santé ;

Mais l'heure du départ pour Job aura tinté,

Et son cadavre , exclu du commun cimetière ,

S'il échappe au scalpel, se pourrira sans bière !

Nimes, 1846.

XXXVI

L'EXPIATION DU GÉNIE.

—

A mon ami J.-Alex. Cayrier.

Eh quoi ! les fils de l'art et de la poésie,
Ceux qui portent au front la flamme du génie,
Cet enblème de Dieu,
Étrangers au bonheur qu'on goûte sur la terre,

Sentiront-ils toujours la dent de la misère
    Sur leur couche de feu?

             ◈◈

Sublimes ravisseurs des clartés éternelles,
Dans la société qui déchire leurs ailes
    Sont-ils précipités
Pour expier leur gloire, à nulle autre commune?
Je ne sais ; mais toujours la cruelle infortune
    Les suit à pas comptés !

             ◈◈

Funèbre panthéon ouvert aux belles âmes,
L'hôpital les reçoit sur ses grabats infâmes ;
    Ils vont tous y mourir...
Ainsi, ce que le ciel fit de plus magnanime
Vit pauvre et tourmenté ; sa grandeur est un crime
    Dont on sait le punir !

Prodigues des trésors de la sainte pensée ,

Ils répandent leurs chants sur la foule insensée

Qui leur rend le mépris ;

Et quand ils ont donné le plus pur de leur sève ,

L'ingrate les abat du tranchant de son glaive

Sans les avoir compris !

⁕

Et ce meurtre odieux toujours se renouvelle ;

Chaque siècle a frappé de sa main criminelle

Ce qu'il devait bénir.

Rien ne peut émousser cette haine implacable

Qui prépare au génie un destin misérable

Et qui le fait martyr !

⁕

Personne n'a pitié du drame de sa vie ;

Et lorsque l'égoïsme au plaisir sacrifie ,

On l'exclut du festin ;

Ne le connaissant pas on lui jette l'outrage,

Et, monarque indigent, on le voit, d'âge en âge,

Sans asile, sans pain!

⚛

C'est plus tard, quand la mort a fermé sa paupière,

Que le monde, jaloux d'honorer sa poussière,

Le couronne ici-bas :

Comme un gladiateur dans les jeux de l'arène,

Le poète reçoit la palme souveraine

De la main du trépas!

Nimes, août 1846.

XXXVII

—

A M. CH. BOUSCHARAIN,

Auteur d'Athénaïs , tragédie en 4 actes.

.

J'ai lu cette œuvre sainte écrite avec le cœur ,
Cette page éloquente où tout est plein de vie,
Et puis j'ai dit : Ami , si la gloire t'oublie ,
L'avenir qui t'attend se fera ton vengeur.

Car ce beau monument élevé par ton âme,
Prophétie éclatante où Dieu mit un éclair,
Comme un nuage blanc qui voyage dans l'air,
Ne doit pas disparaître à l'horizon de flamme.

Si ton livre inspiré n'a pas reçu sa part
Des lauriers triomphals que le poète brigue,
Mais qui tombent souvent sur le front de l'intrigue,
C'est que le sentiment ne parle plus à l'art;

C'est qu'on bannit l'idée et que la forme règne;
C'est qu'il est des fruits verts encor sur le rameau;
C'est que l'esprit humain rêve dans son berceau,
Et qu'il ne comprend pas toujours ce qu'il dédaigne.

Attends qu'il soit entré dans une autre saison,
Pour que ta grande voix par lui soit écoutée,
Et que ce monde enfant, comme un autre Protée,
En changeant de nature ait changé de raison.

Nimes, 1847.

XXXVIII

AUX OUVRIERS-POÈTES.

La Muse a dépouillé ses attributs divins :
Elle livre sa bouche à des baisers infâmes ;
Elle se montre nue au milieu des festins,
Et sa laideur morale épouvante les âmes.
Vous dont l'esprit est chaste et dont le noble cœur

N'a jamais pu tremper dans l'humaine souillure ,

Mes frères , mes amis , poètes de nature,

    Rendez-lui sa sainte pudeur.

Placez un voile épais sur ses blanches épaules ,

Rassemblez sur son sein ses longs cheveux épars ;

Ramenez la profane à ses premiers symboles ,

Lorsqu'elle veut courir à de tristes hasards ;

Aux pieds de son Sauveur , comme Marthe et Marie ,

Faites qu'elle se jette et demande pardon ,

Afin de racheter la honte de son nom

    Et les blasphèmes de l'orgie !

                Fontainebleau . 1844

XXXIX

17

MERCI.

A mon ami Alexandre Lemoine.

Merci d'avoir compris le drame de ma vie,
Merci de ton regard humecté de tes pleurs;
Au banquet des heureux quand nul ne me convie,
Merci sur mon chemin d'avoir jeté des fleurs.

Qui donc t'a révélé cette douleur amère,

Cette coupe de fiel où s'abreuvent mes jours?

A vingt ans saurais-tu qu'ici tout est misère,

Qu'une larme se mêle aux plus saintes amours?

⁓⁕⁓

Aurais-tu déjà vu, brisé par la souffrance,

Un pauvre mendier sur le bord du chemin,

Puis un riche passer, fier de son opulence,

Et passer dédaigneux sans lui tendre la main?

⁓⁕⁓

Saurais-tu que souvent la blanche jeune fille

Que nous aimons d'amour comme un chaste trésor,

Qui brille dans nos jours, qui dans nos rêves brille,

A des baisers impurs se vend pour un peu d'or?

⁓⁕⁓

As-tu de l'hôpital vu les tristes suaires?

Là tous les yeux sont secs!... La mort de l'indigent

Vaut-elle qu'on la pleure ? Eh ! non ; ceux-là sont frères
Qui vivent sans vertus et regorgent d'argent.....

. . . .

. . . .

❈

Oh ! devant tant d'horreurs j'ai dû courber la tête ;
J'ai renié ma tâche, et mon front condamné
Pâle s'est abaissé ; pourquoi naître poète,
Me suis-je dit alors, et pourquoi suis-je né ?

❈

Oui, j'avais un rayon de la flamme sacrée
Qui brûle dans ton sein ; j'étais riche d'espoir,
Je souriais à tout et ma jeune pensée,
Fière de son matin, se berçait d'un beau soir ;

❈

Mais le monde était là ; tant d'astuce et de vice,
Tant d'égoïsme froid me glacèrent le cœur,

Et, combattant vaincu, j'abandonnai la lice
Qu'athlète noble et fort tu parcours en vainqueur.

⊰⊱

Ne fais point comme moi : poète populaire,
Que tes vers soient empreints d'espérance et de foi ;
Poursuis sans te lasser ta brillante carrière :
Les champs de l'avenir sont ouverts devant toi.

Envoi.

Reçois cette humble fleur que l'amitié te donne,
Chant plaintif émané de douloureux soupirs,
Et quand la gloire aura consacré ta couronne,
Songe, poète-ouvrier, aux poètes-martyrs !

. . . .

Merci d'avoir compris le drame de ma vie,
Merci de ton regard humecté de tes pleurs ;
Au banquet des heureux quand nul ne me convie,
Merci sur mon chemin d'avoir jeté des fleurs.

Nîmes, 23 mars 1847.

J.-A. CAYRIER.

XL

—

LA JEUNE CRÉOLE.

La mer, la mer d'azur , comme un clavier divin,
Sur la grève jetait sa sublime harmonie ;
Ses vagues frémissaient comme ondule le sein
De la chaste beauté que la grâce convie
    Au banquet de l'hymen.

Le mystère régnait sous la pâle feuillée ;
Le disque de la lune à l'horizon tremblait ;
Le ciel s'était vêtu de sa robe étoilée,
Et la brise des nuits, comme une fille ailée,
Butinait les parfums que la fleur exhalait.

⁂

Assise mollement à l'ombre des platanes,
Une jeune créole enlaçait son amant ;
Son œil étincelait comme l'eau des savanes
Qui roule ses flots d'or sur le sable d'argent,
        Puis caresse en fuyant
Les rameaux altérés des flexibles lianes.

⁂

Et celui qu'elle aimait, pauvre enfant du désert
Qui dépensait ses jours dans un triste esclavage,
Buvait les pleurs d'amour qui baignaient son visage,

Comme un bouton de mai par l'aurore entr'ouvert
Aspire le rayon qui perce le nuage.

⊛◊⊛

Ils ne se parlaient point ; mais de brûlans soupirs ,
Ce langage éloquent dont se servent les âmes
Quand le corps s'est lassé dans les bras des plaisirs ,
S'unissaient par momens au souffle des zéphirs ,
Comme un chant d'alcyon qui glisse sur les lames.

⊛◊⊛

Puis les soupirs cessaient et l'on n'ouïssait plus
Que le bruïssement des nocturnes phalènes ;
Dans un même transport les amans confondus
        Mariaient leurs haleines....
A la coupe des sens ils étaient suspendus !

II

Mais quand ils oubliaient Dieu , la terre et les hommes,
Lorsqu'ils s'abandonnaient à toute volupté ,

Un vieillard était là , blanc comme ces fantômes

Qui troublent le sommeil d'un coupable agité.

A sa rouge ceinture un poignard incrusté

          Brillait comme ces dômes

Que frappe à son midi le soleil de l'été.

⊗◊⊗

Or , c'était un colon , et l'ardente créole ,

Qu'il avait obtenue à la traite des Noirs ,

Exerçait sur son cœur ces magiques pouvoirs

Que l'on ne traduit pas par la simple parole

Et qui causaient sa joie ou bien ses désespoirs.

⊗◊⊗

Il était dominé par cette fièvre étrange

Qui fait que nous portons nos regards jusqu'à l'ange ;

Il l'adorait , le fou , malgré ses cheveux blancs...

L'horrible jalousie habitait dans ses flancs ;

Et , lorsqu'ils savouraient un bonheur sans mélange ,
Sa haine méditait la mort des deux enfans !

⚜

Blotti comme un chacal attendant la gazelle ,
Son stylet , qu'il avait dégagé du fourreau ,
Répandait moins d'éclairs que sa fauve prunelle.
« Vous qui rêvez l'hymen , vous aurez letombeau ! »
        Sa voix murmura-t-elle ;
Et le monstre fondit sur le couple si beau !

III

Le mystère régnait sous la pâle feuillée ;
Le disque de la lune à l'horizon tremblait ;
Le ciel s'était vêtu de sa robe étoilée ,
Et la brise des nuits , comme une fille ailée ,
Butinait les parfums que la fleur exhalait.

Mais quand le jour parut sous les sombres platanes,

Quand l'insecte doré dans l'air reprit son vol,

Deux cadavres sanglans reposaient sur le sol,

Et le deuil pénétrait au sein de deux cabanes !

Nimes, 1846.

XLI

A NIMES.

—

O mon noble pays ! immortelle poussière
Qui rappelle si bien la grandeur des Césars,
Sublime panthéon de la gloire et des arts,
Je baise avec orgueil ta splendeur au suaire !

Ton histoire contient de si beaux souvenirs,
Que le penseur, assis sur tes ruines saintes,
Interrogeant l'écho de tes vastes enceintes,
Entend la voix de Dieu dans tes derniers soupirs.

En toi, Rome jadis voyait une rivale.
Ton cirque, ton forum et tes arcs-triomphaux,
Vestiges solennels d'un peuple de héros,
Font qu'on t'admire encor, ô ma ville natale !

Ton ciel est aussi pur que celui des Latins ;
Tes femmes ont gardé le profil des Hellènes ;
Un soleil radieux se répand dans tes plaines,
Et tes mâles enfans sont toujours souverains !

Nîmes, 1846.

XLII

À MES VERS.

Vous que mon cœur retenait prisonniers ,
Lorsqu'inconnu j'échappais à l'envie ,
Mes premiers vers (peut-être les derniers),
Qui parfumez les labeurs de ma vie ,

Comme un essaim de jeunes passereaux
Sait égayer le vieux toit solitaire ,
Du travailleur , qui souffre tant de maux ,
Ah ! s'il se peut, calmez l'angoisse amère.

Quand de son sein l'espoir lui-même a fui ,
Révélez-lui l'aube de la justice ,
Pour qu'il renaisse et pardonne celui
Dont la rigueur le condamne au supplice ;
Compâtissez à ses besoins moraux :
L'intelligence adoucit la misère ;
Du travailleur , qui souffre tant de maux ,
Que vos accens calment l'angoisse amère.

Répétez-lui qu'un jour la Liberté ,
Que nos Brutus enchaînent pour un titre ,
Ramènera cette sage équité
Dont l'avenir fera son noble arbitre.

Pour qu'il prélude à ses destins nouveaux ,

Rappelez-lui que tout homme est son frère...

Du travailleur , qui souffre tant de maux ,

Que vos accens calment l'angoisse amère.

Oh ! dites-lui que Dieu prend en pitié

Celui qui sait bénir sa Providence ;

Par son martyre il est justifié ,

Et le trépas marque sa délivrance ;

Car dans le ciel les mortels sont égaux ,

Le méchant seul est banni de sa sphère...

Du travailleur , qui souffre tant de maux ,

Que vos accens calment l'angoisse amère.

Enseignez-lui surtout que l'unité

Peut déjouer les complots du perfide ;

L'obstacle est nul devant le volonté

Qui prend le Christ pour modèle et pour guide.

En attendant que des soleils plus beaux

Brillent pour lui sur ce sombre hémisphère ,

Du travailleur , qui souffre tant de maux ,

Que vos accens calment l'angoise amère !

Nimes , 1846

XLIII

—

ADIEUX AUX MUSES.

Prestige de la gloire et vous Muses, adieu ;
J'ai besoin maintenant d'être seul avec Dieu ,
    Avec le Peuple , avec mes frères.
Votre éclat mensonger ne séduit plus mon cœur ;

On souffre en vous aimant , car on perd le bonheur
    Au sein des haines littéraires.

✤

Autrefois , je croyais à vos enchantemens ;
Mais je ne savais rien du monde et des tourmens
    Qu'une âme ardente se destine ;
Je serais mort alors victime de ma foi,
En brûlant mon encens sur l'autel où je voi
    Le sacrilége qui s'incline...

✤

Le découragement a brisé mon essor ;
Non ! je ne veux plus boire à cette coupe d'or
    Où le poison bout sous l'écume...
Le baiser de Judas me pèse et me fait mal ;
Je veux vivre ignoré sans froisser un rival
    Qui me déverse l'amertume.

Je veux briser ma lyre et chasser le démon

Qui m'emportait jadis dans cette région

    Où le talent n'est qu'un mécompte.

Je préfère ma sainte et noble obscurité

Au vain rayonnement d'une célébrité

    Que l'on achète avec la honte !

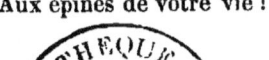

Ou si j'écris encor, oh ! ce sera pour vous

Que le travail accable et tient sur les genoux,

    Comme un criminel qui supplie :

J'adoucirai pour vous les douleurs du présent,

Et j'entrelacerai les roses de mon chant

    Aux épines de votre vie !

FIN.

TABLE.

FIN DE LA TABLE

ERRATA.

Page 11 Au lieu de *Lemoime*, lisez : Lemoine.
Idem. 15 Au lieu de *Lemone*, lisez : Lemoine.
Idem. 29 Au lieu de *palengénésie*, lisez : palingénésie.
Idem. 127 Au lieu de *Malheur donc à qui du sort du do-maine banal*, lisez : Malheur donc à qui sort du do-maine banal.
Page 196 Au lieu de *Tentale*, lisez : Tantale.
Idem. 202 Au lieu de *Il répudie le hasard*, lisez : Il se sépare du hasard.
Page 205 Au lieu de *sytème*, lisez : système.
Page 218 Après le vers : *La matière obéit à des lois im-mortelles*, placez celui-ci qui a été oublié : — Tout s'at-tire, se plonge en des ravissemens.
Page 228 Au lieu d'*appaisa*, lisez : apaisa.

www.ingramcontent.com/pod-product-compliance
Lightning Source LLC
Chambersburg PA
CBHW071804020726
47502CB00004B/998